装備製作系チートで異世界を自由に生きていきます 7

Author: tera

Illustration: 三登いつき

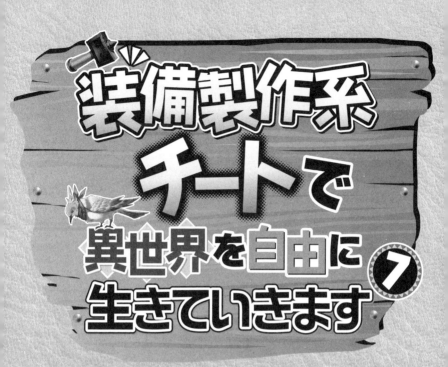

ゴクソツ
オーガ。
トウジのサモンモンスター。
見た目に反し落ち込みやすい。
ポチ
コボルト。
トウジのサモンモンスター。
毛並みが良くコボルト界では
イケメン。
トウジ（秋野冬至《あきのとうじ》）
本編の主人公。29歳。
元フリーターで異世界召喚に
巻き込まれる。
ネーミングセンスが適当。

ゴレオ
ゴーレム。
トウジのサモンモンスター。
仲間想いで優しい性格。
シャーロット
アマルガムゴーレム。
高い知能を持ち、
多くのゴーレムを統率する。
ジュノー
ダンジョンコア。
パンケーキが大好き。
かなりの天然系。
イグニール
冒険者の女性。24歳。
強力な炎の魔法を操る。
母の形見の杖を愛用する。
登場人物紹介
MAIN CHARACTERS

第一章　新パーティーでの初依頼！

再会した冒険者、イグニールとパーティーを組むことが決まってから、三日ほどの時が流れた。

その間、冒険者ギルドから出された、国境都市サルトでの待機命令は続いている。

この空《あ》いた時間を利用して、俺──秋野冬至《あきのとうじ》は、同じく冒険者のガレーとノードに、パーティーを結成する旨《むね》を伝え、サルトのギルドでもパーティー申請を出しておいた。

野郎二人と受付のレスリーから、「やっとか」とか「ようやくですか」とか、呆《あき》れた様子で言われたのだが、何でだ。

まるで長年、付き合うか付き合わないかの微妙な距離感でいた男女が、ようやく結ばれましためでたしめでたし、みたいな反応。

単にパーティーを組むか組まないかの話だって言うのにな！

もう一度言うぞ？

これはパーティーを組むか組まないか、の話である！

まあ、一般的なパーティーは、何となく気が合う者同士でフランクに組むもんだとは俺も自覚している。ここまで話がゴネゴネと縺《もつ》れ込んでしまったのは、偏《ひとえ》に俺個人の問題が深く絡んでいるので、グッと受け止めようと思う。

そうだ、互いにCランク以上の冒険者がパーティーを組むと、昇級試験なんて必要なしに、即Cランク以上のパーティーと認められる。

故に、申請時の下限に合わせて、俺たちはBランクのパーティーという形に収まった。

サルトで限定的にソロSランクだったイグニールは、ランクダウンしてしまう形となり、申し訳ないと思ったのだが、彼女からしてみればランクにこだわりはないらしい。

自分のけじめとして、俺と組むためにAランクを目指していたからとのこと。

非常にありがたいお気持ちである。

ちなみに、パーティー名はまだ決まっていない。

特に希望はなかったし、パーティー名をつけるかどうかは任意なので見送ることにした。


「……よし、やるかあ」

俺はペットのポチとソファーに座り、綺麗《きれい》に畳《たた》まれてテーブルの上に置かれたイグニールの装備を前に、腕まくりしながら気合を入れていた。

パーティーに関する事務的な作業も全て終えたので、この待機命令という名の休暇を利用して、俺はイグニールの装備を全て整えることにしたのである。

俺の作った装備をそのまま身につけるのも良いが、普段から着慣れている装備の方が良いと思ったので、今日はイグニールの装備一式をカナトコ用に借り受けた。

「……やっぱ赤なんだな」

何がとは言わないが、もちろん下着もきっちり高性能装備に切り替えていく。

お洒落《しゃれ》は足元から～みたいな感じで、装備は下着からってことだ。

重ね着しても着心地に問題がない部位は、念を入れて強化していくことこそ生きる道。

以前、シママネキに股間を挟まれた時のことを思い出す。

パンツをガッチリ強化していたからこそ、俺は男としての尊厳を保つことができた。

だから一応言っておくが、イグニールの下着を見たところで何とも思ってないぞ。

邪念を全て払って、俺はこの巨匠のカナトコの儀に入ったわけなんだぞ。

「……スンスン」

「アォン……」

「なんだよ、掃除してろよ！　絶対にイグニールには言うなよ？」

呆れた視線を俺に向けてくるが、ポチよ。

断じて男の本能が働いて魔が差したとか、そんなんじゃないからな？

「よくよく考えてみろ？　俺みたいなヘタレがそんなことできるか？」

興味本位でなんとなく匂いを嗅いでみたりとか、そんなことしたら信用丸潰れだ。

せっかくパーティーを組めたのに、こんなことで即解散だなんてまずすぎる。

「アォン……」

「くだらないこと言ってないでさっさとやれって？　わ、わかったよ」

でも絶対イグニールには言うなよ。それだけは約束だ。

今回は、装備を強くするという名目でイグニールに全てを借り受けた。

俺みたいなキモいアラサーに、本当は嫌だっただろう。

しかし、全権を委ねてくれたということで、俺も筋を通すべきなのだ。

「さて、まずは数が多い下着から取り掛かるか」

まるで警察による押収物の陳列のごとく、下着をテーブルに綺麗に並べていく。

冒険者だから基本的に枚数は少ないかと思っていたのだが、カラーバリエーションは赤を主体としてそこそこの数があった。

「アォン」

「え、何で並べる必要があるかだって？」

「オン」

「いやいや、これにはしっかりとした理由がある。だからそんな目で俺を見るな」

イグニールは女性だから、下着には全て良い潜在がついた装備をカナトコする。

そうすることによって、潜在能力がついた下着ばかり身につけさせてしまう、といった状況を回避するのだ。

俺は中長期の依頼中、毎日同じ下着をつけていようが何とも思わないのだが、やはり女性にとっては死活問題かもしれない。

そういったストレスを解消するために、どれをつけても性能面では変わらないので、好きなものを好きな時に身につけられるように徹底しておくのだ。

「……アォン」

「理屈は理解した、でも並べる必要性についての回答じゃない……だって？」

いやいや、そこは俺の几帳面《きちょうめん》なところっていうか、何ていうか。

別にいいじゃん、そんなところを気にするなよ。

ポチに嫌味をチクチク言われつつ、俺はイグニールの下着をどんどん処理していった。

職人の遊び心として、赤には火属性耐性、青には水属性耐性など、色によってどんな効果があるのかわかりやすいようにもしていく。

そうだ、上下セット同色や同じデザインのものをつけると、さらにステータスがアップするような形にしていこう。

女性だから、バラバラで身につけるよりも、上下揃えて身につける確率の方が高いはずだ。

装備製作系チートの腕の見せ所である。

「むっ、クマ発見！」

俺の想像していたイグニールの下着像から少し離れたデザイン。

見たところ、これだけセットってわけじゃなさそうだし……。

「うーん……クマかぁ……あ、そうだ、アレがあった」

全ステータスや攻撃力・魔力が上昇するパブリックスキルオプションを持ったユニーク装備があったから、クマの加護的な感じでそれを使おう。

クマの刺繍《ししゅう》が施されたパンツを身につけて「ブレス」と唱えれば、たちまち身体に力が湧いてくる最高の一品だ。

「なんかテンション上がってきたぞ、おい」

「アォン……」

ポチのため息を余所に、俺はどんどん装備を作っていった。

下着に気合を入れ過ぎて、その他の部分がおざなりになり本末転倒してしまった感も否めないのだが、どうせイグニールのレベルが上がったら換装するし、良しとしておく。


「ただいまだし！」

「……！」

「こらジュノー、あんまり大きな声出さないの」

作った装備をテーブルやソファーに並べ立て満足した表情を浮かべていると、ダンジョンコアのジュノーとサモンモンスターのゴレオを連れて、外に遊びに出ていたイグニールが戻ってきた。

「トウジ、ただいま」

そして、俺の様子を見て固まる。

「……これは、何をしてるわけ？」

「ん？　装備の換装が全て終わったから見てた。かなりすごい装備できたよ！」

我ながら、今の俺の装備よりも高性能なのではないか、と思えるほどである。

「……そ、そう……あ、ありがとう」

あれ？　なんだかイグニールの顔、少し引きつってるんだけど？

めちゃくちゃ良い出来だと思うんだが、なんでだ？

逆に褒《ほ》めてほしいくらい、俺の全力を注ぎ込んだのに、思ってたのと違う。

「色々と勘違いしてるかもしれないから先に言っておくけど！」

「ふぅん……？」

「装備の効果を聞いたら絶対に驚くと思うから！」

「ふぅん……？」

これは、少しまずいかもしれない。墓穴を掘った。

起死回生の一品として、やはりこの装備の説明から始めるべきだ。

「このクマの刺繍の下着なんか、パブリックスキルオプション持ちのユニーク装備だよ！　パブリック・ブレス付き！　これって、全ステータスと攻撃力と魔力を上昇させ――」

「――ッッ!!」

「痛ぁっ!?」

下着を奪われて、頬にバチーンと衝撃。

床に倒れ込んで目をぱちくりとさせる俺を見ながら、イグニールは言う。

「私のことを思ってやってくれたことだろうから他の下着は別にいいけど、ただ一つこれを見たことだけは忘れなさい！」

この時は、何故頬を打たれたのか理解できなかったのだが、顔を真っ赤にして部屋から出ていくイグニールを見てからハッと気がついた。

慌てて謝罪に向かい、三時間ほどかけて土下座をして許してもらえた。

本人もまさか、クマさんが混ざっているとは思っていなかったそうな。

◇　◇　◇

土下座事件から四日ほどたった時のことである。

宿の受付を通してギルドから呼び出しがかかったので、ようやく出番が来たのかと気を引き締めてギルドへ向かった。

「支部長、お連れしました」

「ご苦労さん」

レスリーに案内されるがまま、ジュノーを肩に乗せ、ポチを隣《となり》に連れたまま、イグニールと一緒に支部長室へと入る。

「今日は何やら大所帯だな」

「もともと従魔は常に連れておくタイプですので」

「コボルトなのにか？」

「コボルトだからですよ」

そんな魔物を連れていたら舐《な》められるだろう、と支部長は言っているのだろう。

しかし、俺は強い弱いで登用するタイプではない。

ポチも初見で侮《あなど》られるのにはもう慣れたのか、支部長の言葉にもどこ吹く風だった。

「まあいい、とりあえず掛けてくれ」

「はい」

用意されていた椅子に座り、ポチを膝の上に。

もふもふを堪能しながら、支部長の話を聞こうじゃないか。

「あれ？　支部長、ガレーとノードは……？」

そこで気付くのだが、椅子は俺とイグニールの分二つだけだった。

「ああ、彼らは今回呼んでない」

「呼んでない？」

「うむ、アンデッド災害とは別件で、君たちに一つ依頼を受けてもらおうと思ってな」

詳しく話を聞いてみると、限定だがSランクというギルドの一大戦力であるイグニールが、俺とパーティーを組んだことによってBランクに降格してしまうというのは、色々と面倒な状況になりかねないそうだ。

そこで、ひとまず適当な依頼をこなしてもらい、その成果をもってAランクのパーティーという位置付けにしたいらしい。

ちなみに俺個人の評価もAランクとなる。完全にイグニールのお零《こぼ》れだった。

「……おうふ」

変な声が小さく漏れた。

どこまで行っても格好がつかないというか、もはや宿命なのだろうか。

「支部長、トウジははっきり言って私よりも優秀ですよ？」

俺の心情を隣で察したイグニールがフォローを入れてくれる。

ありがたい、だがさらに「おうふ」と息が漏れた。

「そう落ち込むなトウジ・アキノ。君の今までの履歴をギリスから取り寄せて確認した」

支部長ゴードは書類の束《たば》をめくりながら言う。

「サルトでもギリス首都でも、失敗は一度もなく納期も全て厳守し、さらには辺境伯のあの無理難題の依頼も達成し、かつサンダーソールを従魔と共に単騎討伐したという報告……文句なしのAランク、いやもしくはそれ以上であることは確かだな」

「おお……！」

辺境伯は、ちゃっかりサンダーソールの件を報告してくれていたらしい。

正式な依頼じゃなかったので、俺はあの一件を報告していなかった。

辺境伯という信頼ある立場の人から伝わるとなると、信憑性《しんぴょうせい》も増すので本当にありがたい。

「さて、前置きはこのくらいにして依頼の説明をする」

「はい」

「現状、アンデッド災害への対応については、まだ待機という形でいてくれ。この件に勇者を出す出さないの話で、デプリとトガルがかなり面倒な状況になっているからな……」

ゴードの話を聞くに、状況はかなり複雑化しているようだった。

デプリは、勇者を大迷宮攻略に向かわせたいのでトガルの冒険者に協力を要請したい。

対するトガルは、デプリは勇者保有国なのだから、自国の問題くらい自国で解決してもらいたい、と言っているようだ。

当然だな。前にオークションで小耳に挟んだ貴族たちの会話から察するけど、デプリで勝手に行われた勇者召喚に対して、近隣諸国はあまり良い印象を抱いていない。

さらに、とゴードは付け加えて言う。

「ごちゃごちゃのまま平行線を辿《たど》る話し合いが、勇者たちのせいでさらに混乱している」

「ええ……」

「世間知らずのクソガキたちは、目の前の災害を放置して、世界の危機を救うためにギリスへ向かいたいそうだ」

険《けわ》しい顔でため息を吐くゴード。

勇者たちはギリスの断崖凍土へ向かうと言って聞かないらしい。

「世界の危機？」

「トガルからデプリに出向している上層部の者が、そう叫んでいる勇者を確認している。現状騒がしいことなんて、デプリ国内でしか起こってないのにな？　勇者たちには俺たち一般人にはわからない何かが見えているって、皮肉を言っていたぞ」

「……な、なるほど」

断崖凍土、世界の危機……はい、心当たりがあります。

邪竜の一件だ。

ちくしょう、まさかあれも勇者関係の出来事だったのか！

とばっちりだったのか、まったく！

「ま、まあ戯言《ざれごと》っすよ」

「しかしなあ、過去の勇者もなんらかの手段で世界の危機に対応していたと語り継がれているし、召喚された勇者の言葉を戯言の一つで片付けるわけにもいかないから、各国がギリスに説明を求めてるって状況だ」

まだ子供だったとしても、勇者は勇者か。

確かに邪竜は封印から目覚めかけていたので、一概にはた迷惑とも断言できない。

しかし現状、キングさんが邪竜を倒してしまったので、世界の危機なんてどこにも存在しない。存在しない危機の説明のために奔走《ほんそう》しなければならないギリスは、ご愁傷様《しゅうしょうさま》って感じ。

「俺の愚痴もこのくらいにして、依頼内容を説明するぞ。前置きが長過ぎると、君の従魔がうるさいからな」

「まだ何も言ってないし！」

「今回の依頼は、竜の爪痕《つめあと》最深部の調査だ」

さらっとジュノーの反論を無視したゴードの依頼は、デプリからトガルに渡る際に通った山脈の裂け目、通称竜の爪痕の崖下調査だった。

俺がゴーレムマニアという異名を背負うきっかけとなった、忌々《いまいま》しき場所である。

「ゴーレム通りに関しては、他の冒険者や監視員でチェックしているが、人手が足りずに崖下深くの詳しい状況がわからない。アンデッドドラゴンの目撃情報が一切ない現状、もしかすれば底も見えない崖下に潜伏しているという可能性もある」

故に、俺とイグニールを起用したそうだ。

もし遭遇したら、アンデッドドラゴンとネクロマンサーと化した小賢を討伐しろとのこと。

「崖下には何がいるかわからない。別の強大な魔物が潜《ひそ》んでいる可能性だってある。入念に準備を整えて向かってくれ。ただし、期間は行き帰りを含めて五日を厳守だ」

「了解です」

「わかりました」

俺とイグニールは、ゴードの言葉に頷《うなず》いてこの場を後にした。

竜の爪痕は、ゴーレム系の魔物がたくさん出没することでも有名である。

ここは、ゴレオの等級アップも視野に入れて、気合を入れて行こうか。

「……トウジ」

「ん？」

部屋に戻る途中で、イグニールがポツリと呟《つぶや》いた。

「知らないうちに、世界救っちゃってたわけ？」

「……んなわけないない」

俺は勇者でもなんでもないし、一般人に生きていく上で便利な力が備わったくらいだ。

仮に、倒したことが世界を救ったと言えるのならば、無理やりこじ付けるなら、救ったのは俺ではなくラブとサモンモンスターたちである。

栄《は》えある勇者の称号を、あのイケメン高校生から誰かに渡しても良いと言われたら、満場一致でキングさんだ。

もっとも、キングさんはそんな称号の枠にも収まらないだろうと思っているけどね。

◇◇◇

翌日、竜の爪痕ゴーレム通りに向かうと、なんとも懐かしい景色が存在していた。

「そら出たぞ！　囲え！　囲えー！」

「兵士どもには渡すなー！」

ゴーレムがガゴゴッと崖から出現しては、待機していた全員で叩く光景。

相変わらず、あたり一面にはゴーレムのドロップアイテムが散乱していた。

もったいないが依頼優先。

断腸の思いでドロップアイテムから目を背け、俺たちはグリフィーの背に乗って崖下へと飛び降りるのであった。

「きゃっ」

イグニールは空を飛ぶのが初めてらしく、やや青ざめた顔をしている。

「しっかり捕まってて」

「う、うん……」
後ろから俺の腰に腕をしっかり回して密着してもらった。
やっぱり初めては怖いよなあ。
俺だって、最初はそのまま後ろに転げ落ちてしまったもんだ。
「グリフィー、ゆっくり降りてくれ」
「ガルルゥ」
撫でてやると、グリフィーは翼を大きく広げ、可能な限りゆっくりと降下を始めた。
グリフィーに乗るのはポチ、俺、イグニールの順番で三人。
成人二人とコボルトが乗っても余裕で安定飛行できるのは、さすがグリフォンである。
ジュノーの方は、いつもと同じようにコレクトの首元に掴まって楽をしていた。
うーむ、ポチ、コレクト、グリフィー。
この布陣はすっかり中距離移動用としてお馴染《なじ》みになってきたな。
戦闘時はグリフィーをゴレオに、コレクトをキングさんにチェンジといったところ。
さらに天地殲滅《せんめつ》時は、ゴレオをワシタカくんに交代だ。
海上決戦モードの時は、キングさん、ワルプ、ビリーの怪物トリオ。
なかなか良い布陣のテンプレートが出来つつある。

さて、それから休めそうな崖棚を見つけては、そこに一度降りて休憩を繰り返し、俺たちはようやく竜の爪痕の底へと辿り着いたのだった。

「うわぁ～、暗いし～」

ジュノーの感想の通り、爪痕の底は真っ暗で何も見えない状況だった。

まさに奈落の底と言っても過言じゃない。

「カンテラがあるから暗くても問題ないよ」

インベントリからカンテラを取り出すのだが、つける前にボッと目の前が明るくなった。

光源はイグニールで、彼女の隣に、ミニマムサイズの太陽みたいな妖精が浮かんでいる。

「え、なにそれ」

「言ってなかったっけ？　イフリータよ」

「どういうこと……？」

「火の大精霊様に、加護として二つの装備をもらったって話はしたでしょ？」

「俺にくれたやつだよね？　つまりそれがイグニールが持ってるやつ？」

「そう、私が身につけてる装備は、小さなイフリータを任意で召喚できるものなの」

「へぇー」

俺のは霊核だったが、イグニールのは任意召喚できるスキル持ちの装備だったのか。

効果はＭＰ自動回復と魔力上昇、火属性強化とのことで、かなり強い装備だった。

ゲームには、妖精みたいなものを召喚して常時攻撃力や魔力を上昇させるバフをくれる指輪装備などがあったりしたのだが、その類の装備ってところである。

ちなみに、そうした特殊な装備は全てイベントでしか手に入らなかったが、まさか火精霊と巡り合うイベントだったとでも言うのかね？

霊装武器によって召喚された魔物が意思を持つなんて聞いたことがないし、ましてや装備をくれるだなんてゲームではありえないことだった。

ま、この世界が１００％ゲームの世界に沿ってできているわけでもないから、俺の知らない摩訶《まか》不思議なことが起こったとしても、さしておかしい話ではないのである。

ゲームではプレイヤーバフ扱いでしかなかったサモンモンスターが、まさかここまで俺の支えとなって大活躍してくれるだなんて、思っても見なかったんだしな！

とりあえず、１００レベルになったら邪竜召喚可能な指輪を装備できるようになるので、その時に俺も色々と試してみよう。

「そのカンテラの魔道具、燃料代とかかかるでしょ？」

「まあね」

「この子だったらＭＰも消費しないし……節約できるわよ！」

「おおおっ！」

節約生活を強《し》いられるほど困窮《こんきゅう》していないのだが、ここは彼女の気持ちを汲《く》み取ろう。

節約というのは、こういう細かなところからやっていかなきゃいけないもんだ。

ああっ、金がないから節約しなきゃ！

と思った時には、時すでに遅しってパターンが世の中の常だからね。

「助かるよ、イグニール」

「フフッ、暗い場所なら任せてね」

……それにこの自信満々の笑顔を無下にするなんて、俺にはできないよ。

「コフリータ、お願いね」

イグニールの傍らをふわふわと漂う小さな光は、彼女の命令にしたがって少しだけ発する光を強め、暗い地の底を照らしてくれた。

「なるほど、明かりの調整も可能なのか……ん？」

コフ、リー、タ……？

なんだ、その名前は？

「ねえ、コフリータってなんだし？」

俺の思っていたことを尋ねるジュノーに、イグニールは返す。

「この子の名前よ。小さなイフリータだからコフリータ、良い名前でしょ？」

「……イグニール、ひょっとして名前のセンスないし？」

パンケーキ師匠やっぱすげぇな、思ったことをすぐ口にする。

「な、何よ？　セ、センスあるわよ……！」

ズバッと言われたイグニールは、狼狽《うろたえ》ていた。

「えーでも、なんかトウジと同じ雰囲気がするし？」

「え？　トウジと一緒なの？」

「おい、何言ってんだよ……」

なんでそこで俺のネーミングセンスが会話に出てくるんだ。

センスがない出来事に対する物差しとして、俺を引き合いに出すなよ。

「つーか、ジュノー……」

「なんだし？」

「お前だって俺とネーミングセンスがないランキングで首位争いする仲だろ？」

人のこと言えるのか、って話だ。

「はあ!?　何言ってるし、めっちゃセンスあるし!!」

「ふぅん？　へー？　ほーん？」

「なんだし！　なんか文句があるならはっきりと言うし！」

「けっ」

辺境伯領で仲間になり、断崖凍土でも大活躍したサンダーソールのビリー。

みんなビリーと呼んでいるが、登録名はビリビリビリーだぞ。

名前をつけた時は特に何も感じなかったのだが、改めて登録された名前を確認したら、ビリビリビリーって……ビリーがかわいそうだとは思わないのか！

「ハフ……アォン……」

「なんすかポチさん、いきなりため息なんか吐いて——ほわっ!?」

ジュノーと言い争っていると、ポチが俺の膝を後ろ回し蹴り。

テクニカルな膝カックンされてしまった俺は、ものすごい勢いで転んでしまった。

「やーい！　バーカバーカ！」

そんな俺を見てあっかんべーしながらバカにするジュノー。

ぐぬぬ……。

「オン」

「だめぇっ！　パンケーキの枚数は絶対に減らさないでぇ！　鬼ぃ！」

しかし、ポチの一言によってあっけなく散っていた。

「アォン」

「わかったし、ネーミングセンスの話題はここまでにするし……」

どうやら、ポチは俺たちの争いを止めるために間に割って入ったようだ。

どんな名前でも、それぞれ違って、それぞれが良いとのこと。

「アォン」

「つけた側を貶すことは、つけられた側を貶すことと同じだから二度とするなだって……」

「ご、ごもっともです……本当にすいませんでした……」

素直に謝ってジュノーと仲直りすることに。

ポチって、本当にできたコボルトである。

◇◇◇

最下層へ辿り着いたということで、グリフィーからゴレオに替えて先に進むことにした。

ここでゴーレムのサモンカードをゲットしたわけだから、ある意味ここはゴレオの故郷のような場所である。

当初はゴレオの等級アップのために、ゴーレム狩りを頑張ろうだなんて意気込んじゃいたのだが、実際ゴレオがそれを望んでいるのかが少し気になっていた。

コボルトを大量に狩った際、ポチはその辺を割とシビアに考えていたのだが、優しいゴレオのことだ、あまり前向きになれない可能性もある。

望郷の気持ちがあるのかどうか気になったので、チラリと横目でゴレオを見てみた。

「……」

相変わらずぼけーっとした表情でドスドス先に進んでいる。

表情は読み辛いから仕方がないな、問題は何を考えているのかだ。

「ゴレオ、懐かしいとかそんな感覚はあったりする？」

「……？」

首をゴリゴリと鳴らしながら傾げているのを見るに、特に何も感じてなさそうだった。

そりゃそうか。

サモンカードがドロップ前の記憶を持っていたとしたら、俺は確実に恨まれている。

サモンモンスターは、この世界の立ち位置として精霊チックなものなのかな、なんてイグニールのコフリータを見ていて思ったりもするのだが、やはり違っているようだ。

俺と同じような、そんな存在なのかもしれない。

ま、深く考えても意味はない。

一緒にいてくれて、ついて来てくれて、助けてくれる。

それだけで十分だ。

「……！」

「トウジ、ゴレオがもしゴーレムが出てきた時はちゃんと倒せるから心配いらないってさ」

「……！」

「少しは悲しいけど、それでも私が等級アップしてみんなの力になることの方が大事だって」

「ゴレオ……」

みんなの力になりたい、か。
相変わらず優しいやつだな、ゴレオ。
主要メンツの中で、まだゴレオだけがレアのままなので、平等にユニーク等級くらいにまでは
ゴーレムのサモンカードを入手して上げておきたいところだ。
だとしたら、目標のサモンカード枚数は２００枚、いや余裕を持って３００枚。
コレクトと秘薬の効果を用いても、倒すべきゴーレムは約４００体というかなりの規模になるの
で、気を引き締めて取り掛かろう。

「アォン」

裂け目の底を崖側に沿ってまっすぐ歩いていると、ポチが敵の出現を知らせてくれる。

コフリータの明かりに照らされて、俺らの前で蠢《うごめ》く何かを見つけたそうだ。

「みんな戦闘態勢」

イグニールを交えた形になって初めての戦闘である。

ここで俺が戦いをみんなに任せてドロップ集めに奔走したら、ドロップアイテムが見えないイグ
ニールにはサボっているように見えてしまうのだろうか。

……一つ男を見せて俺も前線に出ようかと考えたが、やはりドロップアイテムを回収しないのは
もったいない。

一応説明してるから理解されるとは思うのだが、どうしたもんか。

「トウジ、全ての戦いの指揮を私が執《と》るから、ドロップアイテムの回収とか採掘とやらをやっててもいいわよ？」

「えっ、いいの？」

「ポチもゴレオも十分過ぎるくらい強いから、問題ないわよ」

「ありがとう！」

さすがはイグニール。

実は、竜の爪痕の底に来てからというもの、至る所に採掘ポイントが見えていた。

掘り掘りしたい衝動を抑え込むので必死だったのである。

グループ機能にはイグニールを追加してあり、いつでもＨＰの変動を確認することが可能だ。

何か大きなダメージをもらうようなことがあったらいつでも駆け付けられるように気をつけながら、戦いを任せて俺はドロップアイテム回収と採掘を行おう。

やっぱイグニールは聖母だわ。

「わーっ！　次々ゴーレムがやってくるし！」

「そのようね、みんな気を引き締めて行くわよ！」

「……！」

「アオン！」

「コレクトとジュノーはトウジのところにいて、何かあったらすぐ知らせてね」

「クエッ」

「わかったしー！」

イグニールの炎が真っ暗な中を明るく照らしてくれる。

爆発させることでダメージを与えることもできるのだが、やる気全開でハンマーを振り回し、ゴーレムたちを次々と叩き壊して行くゴレオに配慮して、サポート役に徹してくれていた。

「おー、やってんなー」

そんな様子を見守りながら、俺はピッケル片手に採掘を続ける。

カンカンッ、と叩く度にドロップアイテムがポロポロポロポロ。

カンカンッ、ポロポロポロ。

「トウジ、前よりさらに戦闘の時にいらない子になっちゃったね」

「クエー」

採掘する俺を見ていたジュノーとコレクトがそんなことを言った。

「……言うな」

自分でもわかってるんだよ。

大抵の生き物にとって、火というものは極めて有効な攻撃手段である。

ゲームでも、火が弱点の敵ってのは割と多めに設定されているほどだ。

そんな魔法の使い手であるイグニールがくれば、こうなることは予想できた。

「爆《は》ぜなさい」

ドゴォン！

彼女は、火に対して耐性を持ったゴーレム相手でも、爆発で木《こ》っ端《ぱ》微塵《みじん》にできてしまう。

耐性持ちでも関係なしに蹴散らすレベルなんだから、俺の役目はほとんどない。

「悲しい事実だが、俺は大人しく裏方に回るとするよ……」

「大丈夫だし。トウジが装備を作ってくれるから、みんな頑張れるんだし」

「クエ」

「そっか、ありがとな」

「それに、あたしもずっと前にもらったアクセサリー、大事に持ってるよ」

「おう、似合ってるよ」

「ほんと？　それ冗談じゃないし？　うへへぁ」

採掘しながら適当に返事をしたのだが、ジュノーは思いの外喜んでいた。

喜んでもらえるような装備を作れて、俺も嬉しいさ。

そうしてゴーレム狩りと採掘を並行しながら歩いていると、途中に大きな横穴を見つけた。

なんだか怪しいと思った俺たちは迷わずその横穴へ進むことにした。

「露骨にゴーレムの数が増えてきたわね」

「そうだね、採掘ポイントもかなりあるよ」

ゴーレムの棲《す》み処《か》なのかと思ってしまうほどに、天井・地面・壁の全方向からゴーレムはボコボコと生み出されて襲いかかってくる。

「……！」

そんなゴーレムたちを、ゴレオは息をするように蹴散らしてドロップアイテムにしていた。

「いけいけゴレオー！　蹴散らせゴレオー！」

「……！」

ジュノーの応援に合わせて、ゴレオは壁から今まさに出てこようとしているゴーレムを、俺から奪い取ったピッケルを使って掘り出し叩き壊す。

出落ちどころか、出る前に強制的に出されて落とされるゴーレムであった。

「や、やる気満々だなゴレオのやつ……ハハハ……」

いや、やる気ではなく殺る気か？

どっちでもいいが、なんだか乾いた笑いが漏れてしまった。

すでに回収したゴーレムのサモンカードは２００枚を超えていて、そこからざっと計算して、倒したゴーレムの数は３００近くってことになる。

「なんだか、ゴーレム通りのフィーバータイムがずっと続いてる感覚だなあ」

「フィーバータイム？」

ゴレオの快進撃を見ながらそんな言葉を零すと、隣を歩くイグニールが首を傾げた。

「出現するゴーレムの数がめっちゃ多くなる日のことらしいよ」

「そうなんだ？」

初めてゴーレム通りを渡った際に、運良く遭遇した場面である。

あの時は、目の前に溢れるドロップアイテムの山にテンション爆上がりしていた。

「その時から、ゴーレムマニアとか言われるようになったんだよな……」

同時に黒歴史も思い出した。

「トウジがサルトを出て別の国に渡ってからも、まだその噂広がってるわよね？」

「そうなんだよなあ……」

イグニールの言う通り、未だにサルトではゴーレムマニアの噂が囁かれている。

人の噂も七十五日と言うが、もうとっくに七十五日以上経過しているんだがな……。

「しかも尾ひれマシマシ状態で、だよ」

牛丼屋に足繁《あししげ》く通っていたとか。

塩漬け依頼をゴーレムやコボルトを扱《こ》き使って一日で全部終わらせたとか。

とんでもない臭気を漂わせているとか。

スタンピードの時に何故かポーションをタダでばら撒いていたとか。

ゴーレムを愛し過ぎて、ゴーレムの彫像作りに命をかけているとか。

作った彫像は全て美少女で、ゴーレムマニアの目にはゴーレムが美少女に見えているとか。

ゴーレムゴーレムゴーレム、と悩ましげに連呼しながら街を歩いていたりとか。

公園で一人ぼーっとしていたら、いきなり「降りてきたっ」と叫び出したとか。

もはやゴーレムマニアではなく、ゴーレムに取り憑《つ》かれし者だとか。

このように、俺がいない間に噂はとんでもない状況になっていた。

スタンピードまでは事実だから認めるけど、後半よ。

後半部分に関しては、まったくもって記憶にないというか、そもそもサルトにいない。

「改めて聞くと、とんでもない状況ね」

「噂に尾ひれが付くのはわかるけど、付き過ぎだ」

面白がって噂を広めている奴ら、限度ってものを考えて欲しい。

「でも火のないところに煙は立たないって言うじゃない？」

「うん。でもわかってほしいけど、俺はゴーレムマニアじゃないからね？」

「知ってるわよ。ただ、トウジの他にもゴーレムマニアがいるってことかしら？」

「……その可能性は否めない」

「だとしたら、マイスティー・ロガソー氏が最有力候補ね」

「恐らくね」

マイスティー・ロガソー。

初めて聞いた名前だって思うだろうが、実は違う。

トガル首都で行われたオークションの時に、ちらりとその名前が上がっていた。

サルト在住の芸術家で、ゴレオを初めてメイドゴレオに仕上げた人物である。

「実はトガルのオークションでさ、メイドゴレオのミニチュア版が出品されてたんだよね」

「……作った人はロガソー氏？」

「うん」

「……そっか」

俺の言葉を受けたイグニールも、何を言いたいか理解したようだ。

疑惑は、ほぼ確信へと変わる。

「どうするの？　風評被害を広げるなって一言釘を刺しておくつもり？」

「いや、放っておく」

真のゴーレムマニアがいるのなら、噂ではなくもはや事実だ。

これはもしかしたらの話だけど、彼をその道に引き摺り込んでしまったのは俺かもしれないので、
可能な限りそっとしておこうと思ったのである。

「トウジ！　後ろでゴーレム湧いてる！」

「ん？　うおお！」

イグニールと話し込んでいると、すぐ後ろの壁からゴーレムが出現しかけていた。

慌ててピッケルを叩き込み、なんとか出現前に砕く。

危ない危ない、ジュノーが教えてくれなかったら、そのまま気付かないところだった。

地形的にそこかしこからゴーレムが出現するから、もう少し気を張っておかないと。

「後ろからまだまだたくさんのゴーレムが来てるし！」

「引き付けて倒そう」

イグニールの魔法で近づく前に蹴散らすこともできるが、ドロップアイテムの回収を考えると引き付けて一網打尽にした方が効率が良い。

「ゴレオー！　後ろからゴーレムが来てるから、一旦止まってくれー！」

前線で大立ち回りを演じているゴレオを一度ストップさせる。

そこそこの数が迫ってきているようだし、ドロップアイテムも期待できるな、と頭の中でニヤニヤしている時のことだった。

――ブゥン!!　ドガガガッ!!

「のっ!?」

「きゃぁっ!?」

並んで立っていた俺とイグニールの間をゴレオに持たせていた大槌が縦回転をしながら勢いよく通り過ぎていった。

投げられた大槌は、後ろから迫っていた大量のゴーレムたちをまとめてなぎ払う。

「び、びっくりした……って、今のは危ないだろ、ゴレオ！」

「……………」

「やる気があるのは認めるけど、危ないのは禁止だぞ！」

並みのゴーレムだと、俺たちにダメージ一つ入れることは叶わない。

しかし俺の装備をつけているゴレオの大槌は、掠《かす》っただけでも重傷を負いかねないのだ。

さすがに叱《しか》るべきだと思ったので声を張り上げる。

「……」

だが、ゴレオは黙ったまま大槌を拾い、俺の目の前で振り上げた。

「――へ？」

近くにゴーレムはいないし、壁や天井から新たに出現する個体も存在しない。

ゴレオの攻撃は、明らかに俺を狙っているようだった。

「トウジッ！　ゴレオの声が聞こえなくなってる！」

ゴレオの挙動に固まってしまったが、ジュノーの声で引き戻される。

「ハウス！」

すぐさま、ゴレオが大槌を振り下ろす直前でサモニング図鑑の中に戻すことができた。

し、死ぬかと思った。

いきなりの出来事にみんな呆然《ぼうぜん》としている中で、ジュノーの言葉を思い出した。

「ジュノー、ゴレオの声が聞こえないってどう言うこと？」

「わかんないけど……」

困惑しながらジュノーは話す。

「いつもはゴレオの考えてることが伝わるのに、さっきは一切聞こえなかったし」

「ふむ……」

どういう仕組みでゴレオと意思疎通しているのかよくわからんのだが、とにかくいつもゴレオと仲良くお喋《しゃべ》りしているジュノーが聞こえなかったと言うのなら信じるしかない。

「とりあえず、ゴレオに何があったのか直接聞いてみればいいか」

サモニング図鑑を介すれば、サモンモンスターたちと細かな意思疎通が取れる。

さっそくゴレオのページを開いてみると、開口一番にこう書いてあった。

《ごめんなさい……》

ふむ、どうやら反省しているようである。

「いや、いいんだゴレオ。何があった」

《本当に……ごめんなさい……》

「いいって、怒ってないから。びっくりしたけど、優しいお前が仲間に攻撃するはずがないってみんな知ってるからな？　何があったか話してみろ」

「アォン」
反省と同時に、すごく落ち込んでいるようなのでポチと一緒に励ます。
とにかく、ゴレオ自身に何が起こったのかを聞くのが先決だ。
「みんなゴレオを心配してるから。いったいどうしたんだ？」
《声が聞こえて、何かが、私の思考に入ってきた》
「声が聞こえて、思考に……？」
《最初は虫の羽音程度だったけど、時間がたつにつれて大きくなっていった》
小さな声は、洞窟《どうくつ》の奥へ奥へと進むにつれて、鳴り響くほど巨大になったらしい。
困惑したが、俺たちが平然としているようなので無視していたそうだ。
《……気付いたら、大切な人に大槌を振り上げていた》
強制的に図鑑に戻されて、ようやくその声は聞こえなくなり正気に戻ったそうだ。
「なるほど……」
《……しばらく、私を出さないで》
「え？」
《――怖い》
「おい！　ちょっと！　ゴレオ！」
俺に大槌を振り上げたことがかなりショックだったのか、ゴレオはそれだけ告げると何の返事もしなくなってしまった。

俺は別にゴレオのことを怒ってもいないし、怖がってるつもりもないのだが、ゴレオが自分自身のことを信じきれなくなってしまったみたいである。

「ッ……！」

今まさに、ゴーレムが出てこようとしていた壁を殴りつけて倒す。

ゴーレムにだけ作用する何かが、この場所にはあるということか。

「胸糞悪いな、マジで」

ゴレオにこんな真似をさせた声の主もそうだが、俺自身に少し腹が立った。

ここはゴーレムが大量に出現する特殊な場所である。

無尽蔵に湧き出てくるゴーレムの親玉、上位互換的な存在がいてもおかしくない。

この現状は、それを加味した判断ができなかった俺の責任だ。

「アォン」

俺の心情をなんとなく察したのか、ポチが足元に来て寄り添っている。

ポチのもふもふの頭をわしわしと撫でながら、俺は図鑑をしまった。

「どうしたの、トウジ……？」

「ゴレオは大丈夫だし……？」

図鑑が見えないジュノーとイグニールは、俺の挙動から状況を察したのか、心配そうな表情をしている。

「ゴレオは少し図鑑で休ませることにしたよ」

「そうなの……無事なら、いいけど」

「うん、それだけが心配だし」

「図鑑に戻したら正気を取り戻した。大丈夫だと思う」

そう告げると、少し安心したように息を吐くジュノーとイグニール。

ゴレオ、俺の目を通して見てるか？

みんな、ゴレオのことが心配なんだ。

可愛いものが好きで、恥ずかしがり屋なお前が危険なわけがない。

だって、誰よりも優しくて世話焼きなゴーレムなんだから。

俺はそれを誰よりも知ってるし、理解している。

図鑑の主、だからだ。

「……よし、先に進もう」

頬を何度か叩いて気を引き締めると、洞窟の奥を見据えて歩き始める。

当初は小賢が潜伏しているかの調査で、ゴーレム狩りはついでみたいなものだったが、なにやら厄介な相手がこの先にいるようだ。

だからといって、引き返す選択肢は存在しない。

うちのゴレオがひどい目にあったんだから、俺は主としてきっちり熨斗《のし》を付けてお返しする義務がある。

それが終わったら、ゴレオのフォローをしっかりやっておかないとだな。

「サルトに戻ったらゴレオに好きなもの買ってやるか」

「そうね、選ぶのは任せてちょうだい」

「あたしも一緒に選ぶし！」

なら、その辺は女性陣に一任することにしよう。

俺は乙女タイプに何を選んだらいいのか、わからないからね。

「じゃ、ポチには索敵しつつ先導してもらって、ゴレオの代わりに前衛としてこいつを出そう……ゴクソツ」

「――ゴァ」

ゴレオの代わりに召喚魔法陣から出現したのは、薄緑色の大きな鬼。

そう、オーガである。

ギリスでオーガを大量に倒した時に得たサモンモンスターだ。

等級はレアだったが、あの時オーガのサモンカードが１００枚集まっていたので、すでにエピック等級にしてある。

【サモンカード：オーガ】
等級：エピック
特殊能力：20％の確率で受けたダメージの50％を反射

ゴクソツの特殊能力は、ダメージの反射。

攻撃を受けたら20％の確率で半分のダメージを相手に返すといったもの。

被ダメージが減ることはないが、接近戦では割と猛威を振るう能力である。

名前の由来は、ライデンをいじめていた不良たちを震え上がらせていたので、獄卒。

痛みを相手に半分返す、なかなか〝らしい〟特殊能力なんじゃなかろうか？

「……うわぁ、顔こわっ」

「おいジュノー、言うなって。いきなり失礼だぞ」

確かにオーガの顔面は強烈だ。

でも仲間だろうが！

コフリータの明かりで顔に影ができて、さらに強烈になっているが……仲間だろうが！

「ゴ、ゴァ……」

召喚されてすぐ顔が怖いと言われたゴクソツは、膝から崩れ落ちてしまった。

ほらぁ！　気にしてる！

偏見はよくないぞ！

「え？　醜悪《しゅうあく》な見た目に生まれて申し訳ございません？　い、いやいやいやいや、そこまで言ってないし！　ご、ごめんって、ごめんってば！」

「ゴァァ……」

「オーガの中でもさらに醜悪な見た目で不相応かもしれませんが、精一杯ゴレオ嬢の代わりを努めさせていただきますって？　ちょっと、なんでそんなに自分を悪く言うし!?　待って悪気はなかったんだし！　ごめんし！　後でご飯の時、あたしのパンケーキの8分の1、いや4分の1を特別にあげるから元気出すし！　ね？　ねってば！」

両膝を抱えてズーンと落ち込むゴクソツと、必死で謝るジュノー。

強烈な見た目とは裏腹に、めちゃくちゃ腰の低いというか、自己評価の低いタイプだ。

……サモンモンスターって、一癖《くせ》も二癖もあるやつしかいないのか？

「オ、オーガにも色々いるのね……？」

「どうだろう……」

サモンモンスター以外の魔物と、意思疎通なんてしたことないから知らない。

まあ、いてもおかしくないいんじゃないかな、うん。

「ほら、遊んでないでもう行くぞー」

新たな仲間を迎えて快進撃が始まるかと思いきや、一旦飯の時間を挟むこととなった。

理由は二つある。

ゴクソツとみんなの仲を取り持ったり、俺がゴクソツ用の装備を作りたかったからだ。

新装備で心機一転、ゴクソツには頑張ってもらわなければいけない。

この先どんなヤバイ存在が待ち構えてるかもわからないし、そこは入念に。

さて、気になるゴクソツ用の装備は、オーガの素材を元に作り出した鬼鎧シリーズ。

見た目は、中世ヨーロッパ風のこの世界には似つかない、甲冑《かっちゅう》だ。

特殊能力が攻撃を反射するのならば、ＶＩＴをマシマシにした全身鎧で受け手に回るのが良いだろうと判断したのである。

オーガ……すなわち鬼の魔物であるゴクソツには、バッチリお誂え向きの装備だ。

ここにアダマンタイト製の斬馬刀を持たせたら、まさに鬼武者と呼んでも差し支えない。

金棒チックな巨大な棍棒も作れるのだが、なんとなくそれだと狙い過ぎてしまったかな、という感じがして斬馬刀にした。

どちらにせよ、破壊力は抜群の代物《しろもの》なのだから別に良いよね？

「うーむ、かっこいい」

洞窟内で飯を食べ終わって、自分で製作した斬馬刀を見ながらそう呟く。

俺は直接戦闘に参加することが少ないので、取り回しのしやすい片手剣と小盾をメインで使っているのだが、やっぱり武器はデカくてなんぼだ。

「これは似合うぞ、ベストマッチだ」

「……本当に似合うと思ってるの？」

うっとりしながら斬馬刀を見つめる俺を眺めながら、イグニールはため息を吐いていた。

「似合うでしょ、絶対」

どのように力説してやろうかと思っていたら、彼女はなんとも言えない表情でジュノーたちの方を指差した。

「ね？　美味《おい》しい？　今日は大サービスしてあたしの分も半分あげるし？」

「ゴ、ゴァ……」

「なんならフェアリーベリーのジャムもつける？　アイスも美味しいし？」

「ゴァ……」

テーブルの上に立ってデザートを次々と勧めるジュノーと、明らかにサイズがあっていない椅子に窮屈そうにちょこんと座りながら、勧められるがままにデザートを口に運ぶ甲冑を身につけたゴクソッツ。

そんな様子を見て、イグニールは言った。

「怖さを助長するような装備じゃない方が良いんじゃないの？」

「……あれはオフの時だから除外」

猫背でデザートをちまちま口に運ぶオーガからは、目を背けることにする。

「オフってどういうことよ……」

普段は物腰が低くても良いんだよ。

戦いになれば、きっと俺の作った甲冑装備は役に立つ……というか映えるはずだ。

ボルテージが上がると共に強くなっていくのが、オーガという生き物である。

ちゃんと戦えるのか少し不安になってくるほど腰は低いけど、きっと大丈夫。

つーかさー……。

これだけかっこいい装備を用意したんだから、かっこいいキャラでいてくれよ。

オーガなのに、なんでこんなに腰が低いキャラなんだ？

オーガだったらもっとワイルドにぶちかましてくれよ、と俺は思うわけである。

夢を壊すなよな？

良い意味でも悪い意味でも、尽《ことごと》く俺の予想を裏切ってくるな、サモニング図鑑め。

まあいい、気にしても仕方がない。

圧倒的ネガティブオーガだったとしても、しっかり前衛を務めてくれるならばそれで良い。

「美味しいし？」

「ゴァ」

「こんなに美味しいものをいただけて、生まれてきてすいませんって……何言ってるし！」

「ゴァ」

「一生物の思い出として、このまま楽に死んでいきたいってバカッ！　死んじゃダメッ！」

……うーむ、なんというネガティブなオーラを纏ったオーガだろうか。

あまりの陰の気質に、陽キャの塊《かたまり》であるジュノーはたじたじである。

「大丈夫かしら？」

「も、問題ない！」

本当に問題ないのか心配になってため息を吐いていると、頭上からパラパラと小石や砂利が降ってきた。

「ん？　なんだ？」

何事かと上を明かりで照らすと、無数のゴーレムの顔。

大量のゴーレムが、今まさにボコボコと頭上で生み出されていた。

「ほわっ⁉」

あまりにもホラー過ぎる光景に、全身の毛が逆立つ。

俺の正面に座っていたイグニールも同じように目を丸くしていた。

「向こうにも大量にゴーレムが湧いてるし……トウジ、これちょっとまずくない？」

「まずいね」

飯休憩に入ってから、ゴーレムの数が急に落ち着きを見せたと思ったら、ここへ来て一気に押し寄せてきたみたいである。

「上からゴーレムが来るぞ！　気を付けろ！」

俺の叫びもむなしく、ゴーレムの一体が俺たちのすぐ側へと落下した。

ドゴッッ！

落下先は、ポチの作ったデザートをプレゼンするジュノーたちのテーブル。

激しい音と共に、テーブルがひしゃげて木片があたりに散らばる。

「ジュノーー！　ゴクソツ！　大丈夫か⁉」

テーブルの上にはジュノーがいたはずなのだが、大丈夫だろうか。

「トウジ！　そんなこと言ってる場合じゃないわよ！」

「アォン！」

イグニールとポチが俺に危険を告げる。

ゴーレムの追撃は止むことなく、あの一体を皮切りに次々と降り注ぎ始めた。

ドゴッ！　ドゴッ！　ドゴッ！

「おわあああああああああっ‼」

大岩みたいな巨体が降ってくるのだから、まさに質量攻撃である。

「コフリータ！　上を照らして！　とにかく避けないと！」

「イグニール！　降ってくる前に爆散させるのは？」

「やっても良いけど、多分ゴーレムと一緒に瓦礫《がれき》もたくさん降ってくるわよ？」

「……避けよう」

下手に天井を攻撃して、落盤なんかしたら元も子もない。

ポチのクロスボウで射ち倒したとしても、そのまま落下されれば変わらないのだ。

くそっ、思ったよりも厄介な攻撃方法である。

「アォン……」

落下攻撃をもろに受けてしまったジュノーとゴクソツが心配なのか、ポチが俺のズボンをひしっと握りしめて不安そうな顔をしていた。

「心配するなポチ。ジュノーは分体だし、ゴクソツだってやられても図鑑に戻るだけだ」

しかし、ジュノーがやられてギリスの本体の元に戻ってしまうと、これから先の旅路がなんとも静かなものになってしまう。

うざったいことも多いが、ムードメーカーの存在とは非常に大切なのだ。

「コフリータ、照らして！」

ゴーレムの雨が少しずつ収まりを見せる中、イグニールが何かに気付いたようにコフリータの明かりを強めた。

「あ、ありがとうゴクソツ」

おおっ！

なんと甲冑を身につけたゴクソツが、背中に大量のゴーレムを乗せながらも、身を挺《てい》してジュノーを守ってくれていた。

「ああっ!!　あたしのパンケーキがっ!?」

せっかく守ってくれたというのに、目の前にある潰れたパンケーキに目が行くとは、さすがはパンケーキ師匠である。

ゴクソツ、さすがにキレて良いぞ。

「ゴァ」

「え？　パンケーキさんを守れなくてごめんなさい？　いやいやいやいや！　確かに惜しいけど、さすがにそんなことを言ってる場合じゃないってのはあたしもわかってるし！　冗談、冗談だってばあっ！」

「ゴァ……」

「死ぬなしっ！　生きろしっ！　パンケーキの代わりになるなしっ！」

多分、パンケーキの代わりに自分が犠牲になればよかったとか言ってるんだろうね。

……っておい、茶番は後にしろよ。

「とりあえずお前らこっち来い！　第二陣が今にも降ってくる直前なんだから！」

「わ、わかったし！」

コフリータに照らされた天井には、無数のゴーレムが追加で生み出されている。

しかも空間全域に広がっており、もはや安全な場所なんてどこにもなくなっていた。

ここ、下手すればダンジョンよりも厄介な場所なんじゃなかろうか。

「コレクト、ありがとう！」

「クエッ！」

降ってくるゴーレムの合間を縫って、コレクトがジュノーを救出する。

ズウン！　ズウウウン！

「ゴ、ゴアッ……ゴアッ……」

あとはゴクソツだけなのだが、四つん這いになったゴクソツの上に、どんどんゴーレムが降り注いで積み重なっていた。

も、もうダメだ。

落ち物パズルゲームをめちゃくちゃ下手な人がプレイしましたって感じになってる。

「ゴクソツ！　一旦戻して再召喚するぞ！」

「ゴアッ！」

俺の言葉に、首をふるふると横に振って何かを叫ぶゴクソツ。

すぐにジュノーが通訳してくれた。

「あ、なんか戻さないでください、そのままにしてくださいって言ってるし」

「は？　なんで？」

「ゴアァッ」

「これはポチさんが作ってくださったパンケーキと、それを勧めてくださったあたしの厚意を台無しにしてしまった自分の責務です。罰です。だって言ってるし」

「………戻すぞ」

遊んでんじゃねえよ、どMかこいつ。

だが、俺が図鑑に戻す前にゴクソツは動き出した。

「ゴァアアアアアッ！」

強烈な叫び声と同時に、全身の筋肉をプルプルと震わせながら深々と土下座。

潰れてしまったパンケーキに対して、ゴーレムを背負った状態で頭を下げた。

な、なんだよこれ。

どういう状況で、何がどうしてこうなってんだよ。

「ゴアッ」

「次はなんて言ってるんだ……？」

何がしたいのか一切わからないので、ジュノーの通訳が必須である。

「全ての責任をとって、虚をつくような卑怯《ひきょう》な石ころ共を殲滅します。自分のような新参者が出しゃばって良いものか疑問は尽きませんが、どうか許可をください」

「あっ、うん……どうぞ……？」

扱いづらいにも程があるだろうが！　このスーパーネガティブオーガ！

「ゴァァ！」

許可を出すと、シュウゥという音がしてゴクソツの体から湯気が立ち上る。

すると、ゴーレムの質量攻撃による傷がみるみるうちに治っていった。

次に薄緑色だった体が茹でダコのように赤みを帯びて、筋肉がバツンと膨《ふく》れ上がる。

「おおっ、すごい」

思わず唸ってしまった。

あれがオーガの真骨頂、超回復と身体強化である。

「ゴァァァ……！」

依然として土下座に大量のゴーレムを背負ったままだったのだが、なんとゴクソツはそのままゆっくりと立ち上がった。

積み重なって押しつぶそうとしていたゴーレムたちが、ゴロゴロと転がり落ちていく。

「すごい力ね……」

その様子に、イグニールも感心しているようだった。

甲冑は膂力を表すＳＴＲよりも、耐久値であるＶＩＴをメインに強化してある。

故に、この状況は単純にゴクソツの怪力によってなせるものなのだ。

「マジですげーな」

ギリスで戦った時は、ポチとゴレオが強過ぎて雑魚《ざこ》に思えていたのだが、装備によって強化されている状況ならばオーガはやはり恐るべき魔物である。

「……！」

起き上がったゴクソツに、一体のゴーレムが拳を振り上げて殴りかかった。

ゴクソツは巨大な拳を顔面で受け止め、口の中の血をペッと吐き出すと殴り返す。

バカッという強烈な音と共に、ゴーレムの頭部が崩壊して重量級のしばき合いの軍配はゴクソツに上がった。

「ゴァッ！　ゴァァァアア！」

調子を上げたゴクソツは、カモンカモンと両手を振る。

「……ジュノー、一応聞いておくけど、あいつはなんて言ってるの？」

「んと、もっと気合入れてしばいてこい」

「あっそう……」

どうやらパンケーキのごとく潰してみろ、とゴーレムに叫んでいるらしい。

ネガティブで、どMでって、本当にどうしようもない性格だ。

しかし、特殊能力が攻撃を受けると発動するタイプなので、その戦法は間違いではない。

そこでふと思ったのだが、特殊能力が性格に影響することがあるのだろうか？

優しい性格のゴレオはダメージを一部肩代わり、金目のものに目がないコレクトはドロップ率アップ、キングさんは無敵である。

影響を受けている可能性を否定することはできなかった。

でも、そうするとポチの特殊能力であるドロップケテルの獲得量アップが性格とはまったく関係ないので、やっぱり影響はないのかもしれない。

「ゴァァァアアアアアアアアア！」

さて、そんなどうでも良いことを考えている間に、ゴクソツが素手で次々とゴーレムをしばき上げていく。

攻撃手段として斬馬刀を準備していたのだが、そんなもの必要なかった。

「ゴアッ！」

アッパーカットにより、ドゴンッとゴーレムの頭が取れて宙を舞う。

「ガアッ！」

バガッと胸に貫手を突っ込んで、そのまま核を貫きゴーレム崩壊。

「ゴァァァアッ！」

ゴーレムを倒せば倒すほどにオーガとしての本能を思い出したのか、どんどんヒートアップしていくゴクソツ氏。

強烈に怖い顔面と身に纏った甲冑も合わさって、まさに鬼武者だ。

とてもスマートとは言えない戦い方で、時折ゴーレムの攻撃をまともに受けてしまう。

だが特殊能力が発動して、攻撃したゴーレムは逆に半壊してしまった。

受けたダメージは超回復で元に戻り、実際にダメージを受けたのはゴーレムのみ。

うん、普通に強かった。

等級上昇と共に反射の確率が上がったら、攻撃絶対半分返すマンになるのだろうか？

そうすればゴレオと一緒に運用することで、ダメージをゴレオに一部肩代わりしてもらいつつの反射が可能だから、難攻不落の前衛コンビとしてシナジー効果が期待できる。

「ゴアアアアア！　ゴァッゴァッ！」

「ジュノー、あれはなんて叫んでるんだ？」

ゴクソツを知るべく一応ジュノーに尋ねると、彼女は呆れた表情をしながら言った。

「……もっと強い一撃を寄越せもっともっとって叫んでるし」

「なるほど」

本人も欲してるっぽいので、やばそうな敵に出会ったら柱役になってもらうのもあり。

犠牲を伴ってしまうやり方に対しては、あまり肯定的になれないのだが、本人がそれを望むのであれば俺だって致し方ないと割り切ることは可能だぞ。

「トウジ、ぼさっとしてないでこっちにもゴーレム来てるわよ！」

「あ、うんわかった」

大体はゴクソツが相手にしているとは言えど、そこかしこからゴーレムがボコボコと湧いて出てくる状況に変わりはない。

ゴレオを洗脳しようとした親玉をさっさと倒してしまいたい気もあるのだが、ここは一つドロップアイテム稼ぎを優先しようと思う。

サモンカードだって、もっともっと欲しいからね。

「俺も前衛に出るから、ポチとイグニールは足を狙って動きを遅くしてほしい」

「アォン！」

「了解！」

中・遠距離攻撃を得意とするポチとイグニールは、ゴーレムが寄ってくる前に優先的に足を破壊して動きを止めておいてもらう。

動きが止まった奴なら、俺でも簡単に仕留めることができるからだ。

「クエーッ！」

「コレクトは応援な」

「クエッ！」

やっぱり出るか、との反応を見せるコレクト。

そうです、やっぱりです。

いてくれるだけでありがたいから、迂闊な真似はしないでね。

「コレクトとジュノーは私の近くにいなさい」

「わかったしー」

「クエッ」

こういった混戦時に、コレクトとジュノーの護衛を引き受けてもらえるのはありがたい。

「よーし、ゴーレム共を狩り尽くすぞ！」

ゴーレム狩りの再開だ。

異世界はネトゲのように無限湧きという仕組みは存在しない。

ダンジョンみたいになんらかのリソースを消費して、ゴーレムを生み出しているはずだ。

ならば、対処していればいずれこのゴーレムフィーバー状態も終わりを迎えるだろう。

一応、何がリソースなのかってことには当たりをつけている。

竜の爪痕は、ガイアドラゴンという竜種が作り出した場所であり、そのドラゴンの強烈な残留魔力が原因でゴーレムが大量に出現すると言われているのだ。

つまり、奥にはそのガイアドラゴン繋《つな》がりの何かが潜んでいる可能性がある。

まーたドラゴンだ。

小賢の使役するアンデッドドラゴンに、邪竜に、ドラゴンの話題は事欠かない。

本当に勘弁してくれよ、と思う次第である。

第二章　祭壇とウハウハ金儲け

「……もうこんな時間か」

パッと目が覚めた。

硬い地面の上に、適当に毛布を敷いた状態で包《くる》まって寝ていたから体が痛い。

だが仕方なかった。

昼夜の差がわからない洞窟内では、時間を決めて休憩と睡眠を取る必要がある。

「痛たた……やっぱりベッドくらいは出せばよかったかな……」

ベッドやらソファーやら、はたまた家の何から何までインベントリに多めにストックしてあるのだが状況的に使うことは許されなかった。

上からも下からも右からも左からも、ほぼ全ての範囲からゴーレムが出てくる。

下手に視界が遮《さえぎ》られてしまうのはまずいと判断して、みんなで雑魚寝を選択した。

シェルター代わりに小屋を出したとしても、天井に降ってきて穴を開けられたら修理費用がバカにならないからね。

……ちくしょうゴーレムめ。

壊されたテーブルはわりかしお気に入りの物だったってのにな！

「はあ、なんだか昔を思い出すなあ」

雑魚寝野営なんて、サルトで冒険者を始めたての頃によくやっていた。

その頃はまだポチが焚き火で料理をしてくれていたもんだ。

「アォン」

「おはようポチ」

その頃とは打って変わって、今では魔導キッチンである。

異世界に来てから、どのくらいの時間がたったんだろうな、としみじみ。

「ふぁぁ……」

欠伸をしながらテーブルに着いて、ひとまず飯を食べることにしよう。

ちなみにこれは予備のテーブルだ。

昨日の反省を活かして、実はＶＩＴ値を限界まで強化した盾にカナトコでテーブルの見た目を移した、そう簡単に壊れない逸品である。

えっ⁉　このテーブルって元は盾なの⁉

と、びっくりする方もいるかと思うが、カナトコは割と自由が利くので可能なのだ。

ネトゲでは装備ごとに分けられたカテゴリーに縛られていたが、異世界にはない。

だからできるかな、と思ってやってみたら、すんなりとできた。

並みの攻撃力では、このテーブルは傷一つ付かないはずなので、ゴーレムが上から降り注いだとしても大丈夫である。

「うん、これで安心だな」

「強化した盾に、テーブルの見た目を移したんだっけ……？」

新しいテーブルを前にニマニマしていると、先に起きてコーヒーを飲んでいたイグニールが呆れた表情をしていた。

「昨日の反省を踏まえてのことだよ、上から降ってきても下に避難できるし」

「そうね。はいコーヒー」

「ありがとう」

温かいコーヒーを口に含みながら思うのだが、家具は全てカナトコしておくべきか否か。

さすがにできるかどうかわからないが、一軒家丸ごと。

もし装備修復系の特殊能力を持ったサモンモンスターを仲間にできれば、まさにとんでもない狩拠点として機能してしまう。

折れてしまったライデンの刀も直せる目処が立つし、サモンカードをどんどん集めて、どんどん特殊能力を解放していく方向性も考えようか。

「動かないでよ、まだ眠いし～」

「クェェ～」

「そろそろ俺のフードから出ろよ、重たいから」

地面で寝たから体が重たいのかなと思っていたら、俺のフードの中にコレクトとジュノーが入り込んでいた。

寝床じゃないから、そこ。

「アォン……」

羨ましそうな目で見ているが、ポチよ。

さすがに無理だから、お前は膝で我慢しろ。

「ふふっ、あれよあれよという間に集られてるわね」

ポチ、コレクト、ジュノーを抱える俺を見て、イグニールがクスクスと笑う。

笑い事じゃないんだけどなあ……。

「ジュノーとコレクトを頼むよ」

「はいはい、ほら二人ともこっちに来てご飯食べなさい」

「はーい」

「クエー」

イグニールのおかげでやっと肩が軽くなったぞ。

ポチを膝に乗せたままだが、ようやく食事にありつくことができる。

ゴレオの代わりに出したゴクソツ氏だが、雑魚寝していた場所から少し離れた位置に正座して、みんなが寝ている間ずっと見張りをしてくれていた。

正座する必要性はないのだけど、本人が我を忘れて戦いに明け暮れてしまった反省と、大量に倒してしまったゴーレムへの供養の気持ちも込めて正座したいらしいので好きにさせておく。

膝の上に乗せた斬馬刀は、自らに貸した重石なんだとさ。


さて、洞窟調査二日目の俺たちの目の前に、何やら興味深いものが出現する。

今まで真っ暗だった洞窟の奥に、急に光が見えたので向かってみると、天井が見えないほどの巨大な空間が存在していた。

その中央には、何らかの宗教儀式をしていたかのような祭壇が存在していたのだ。

「……なに、これ？」

誰が灯したのかも、ずっと灯っていたのかもわからない、青白い光を放つ松明に照らされたピラミッド型の祭壇。それを見ながら訝《いぶか》しんだ表情を作るイグニール。

「なんかすげぇな……」

明らかに人為的に作られたとしか思えない建造物に、俺も彼女の隣で呆然としていた。

空間中央にある祭壇の周りには、無数の横穴が存在している。

まるで全ての道がこの祭壇のある空間へと繋がっていることを表しているかのようだった。

「アォン！」

「ゴァッ！」

そんな中、ポチとゴクソツが警戒を告げる声を発する。

祭壇の周りに存在していた無数の横穴から、再び大量のゴーレムが姿を現した。

余程この場所が重要なのか、今までとは比べ物にならない規模だった。

「戦闘準備！」

「あっ！　なんか見たことないゴーレムがいるし！　金ピカのやつ！」

「えっ？」

ジュノーの指差す方向に目を向けると、確かに金色のボディを持ったゴーレムがいる。

今まで普通のゴーレムしか見なかったのに、ようやく上位種の登場ってことだろうか。

しかし、金色か。

これは、なんと言いますか、金の匂いがぷんぷんしますね？

「銀色のもいるわよ！　いや、あれはむしろプラチナかしら？」

「むむっ！」

イグニールの声に合わせて、彼女の視線の先に目を送る。

確かに銀色だか白金色だかわからんタイプのボディを持ったゴーレムがいた。

もう金の匂いしかしないぞ！

カラフルバルンの時もそうだったが、金色や銀色はドロップケテルが段違いだ。

「トウジ！　ちょっと溶けかけたのもいるしっ！」

「溶けかけたやつだとっ⁉」

「なんか急にゴーレムのバリエーションが豊かになってきた感じがするし！」

金の次は、経験値の匂いがします。

「溶けかけた奴はもしかしたらすぐ逃げるかもしれないから率先して倒すぞ！」

「え⁉　なんでだし⁉」

馬鹿野郎！　日本に住んでるゲーマーはな！　溶けかけた魔物を見たら何がなんでも仕留めたくなるもんなんだぞ。

それが銀色というか鉄系の色をしていると尚更なのである。

「意味わかんないし！」

「意味がわかんなくてもいいからとにかく目立つゴーレムがいたら教えてくれ！」

そんなわけで、突如目の前に現れた謎の祭壇はさておいて、今はゴーレムを優先することに。

出てきた上位種を倒して、サモンカードで魔物の種類を確認してみると、ゴーレムシルバー、ゴーレムゴールド、ゴーレムプラチナと見たまんまだった。

しかし、この3種類に関しては、マジで確実に仕留めておきたい。

何故かというと、シルバーとゴールドは銀貨や金貨を5枚ずつドロップするからだ。

しかもドロップケテルとは別枠で。

ヤベェ、ヤベェよ……５０００ケテルと5万ケテルだぞ……ヤベェよ……。

そして言わずもがな、ゴーレムプラチナは……白金貨5枚である……。

倒してすぐこの事実を知った時、思わず叫んでしまった。

「よっしゃああああああああああああああああああ!!」

「ゴァアアアアアアアアアアアアアアアアアアアアアアア!!」

俺の叫び声に呼応するように、ゴクソツが雄叫びをあげながら前に出る。

「ゴクソツ、お前一撃受けてとか悠長な戦いしてたら怒るからな！　マジで！」

「ゴ、ゴァ」

狙い目である上位種のゴーレムを率先してぶっ殺せ。

そのために雑魚ゴーレムの攻撃を受けてしまう分には仕方ないが、わざとは止めろ。

「わかったなら返事！」

「ゴ、ゴアッ！」

この時ばかりは、俺の勢いに気圧されて、しっかり頑張るゴクソツだった。

ちなみに、ドロドロしているゴーレムは普通のアマルガムゴーレムである。

はぐれちまったメタルなゴーレムではなかった。

故に、倒すと経験値がすこぶる上がるとかそんなうまい話はなく、ただただ厄介な相手である。

「5万！　5万！　500万！　5000！　5万！　ゴクソツそっちに5000！」

もはや正式名ではなくケテルの額で呼びながら、上位種を倒していく。

インベントリのケテルの合計金額がどんどん増えていくのを見ていると、なんというかもうこの世の覇者にでもなったようなそんなハイな気分になった。

「うははははははははっ！」

あっちにも5まん、こっちにも5まん、むこうには５００まーん！

んふふっ！　ぬふふふふふっ！

「トウジって、たまによくわからないテンションになる時があるわよね」

「うん、でもアレが素のトウジなんだし」

後ろの方でそんな会話が聞こえるが、これが素なわけないだろ。

人間誰だって、金が絡んだら豹変《ひょうへん》する生き物だろうがっ！

「ほら狩った狩った！　ゴールドとプラチナ最優先な！」

「はいはい、了解」

「はーい」

まったく、稼ぎ時なんだから私語は慎めよな。

ポチを見てみろ？

俺の目的を察して祭壇を登り、高台から次々と標的をスナイプしているぞ。

俺は戦場を駆け回ってドロップアイテムを回収するだけのお仕事です。

「コレクト！」

「クエッ！」

「ゴーレムプラチナを優先して見つけてくれ！」

「クエッ！」

上からジュノーと一緒にナビゲートしてもらえば、効率はさらにアップだ。

この機会を逃してなるもんですか。

「行くぞゴクソツ！　どんどんやったれ！」

「ゴァアアア！」

ネガティブどM鬼武者ことゴクソツが、斬馬刀をぶん回してゴーレムたちを砕いていく。

広い場所だからか、イグニールも遠慮せずにゴーレムを爆散させていた。

俺は飛び交う瓦礫の中を走り回り、大量に落ちているドロップアイテムの回収に勤しむ。

上位種ゴーレムは、ドロップアイテムもさることながら、単純に崩れ落ちた体にも価値があるので、余すことなくインベントリに回収した。

ゴレオを凹ませた親玉め、今回ばかりはリソースを返せと言われても絶対に返さない。

「全部俺のだ！　うはははは——」

——そうして、ゴレオ用のサモンカードは合計８４０枚。

倒したシルバーは２３２体、ゴールドは１２７体、プラチナは14体。

なんともウハウハな結果となった。

装備ドロップ？

知らん、全部分解だ。

鉱石ドロップ？

知らん、全部抽出だ。

ドロップケテルの合計額？

えっと、まず雑魚ゴーレムからのドロップケテルが120万ケテル超えである。

上位種である貴金属ゴーレムからのドロップケテルは、聞いて驚くぞ。

シルバーのみのドロップケテルやドロップ銀貨を合計すると、134万ケテル。

ゴールドは、735万。

プラチナからは……なんと、7500万ケテルゥ！

インベントリの下の方に記載されているケテル合計額がえらい数字になっていた。

今まで貯め込んだ分と合わせれば、4億3000万ケテルである。

「むうふふ、またゴーレムラッシュ来てくれないかなルンルン」

「トウジ、いつまで続けるし……？」

「ゴーレムが出てこなくなるまで、枯れるまで、いつまでもだぞ！」

「ええ……パンケーキ食べたい……」

「勝手に食ってろ」

疲れたら休憩してもらって結構。

でも俺は体力と気力が続く限り、この無限ゴーレム相手にいつまで頑張る所存だ。

本当にボーナスチャンスみたいなもんだから、余念はない。

「頑張るわね……」

燃える俺を見て、さすがのイグニールも疲れたのか、ため息を吐いていた。

「アォン……」

「そうだったし、ポチの言う通りだったし」

「なんだよ？　ジュノー、通訳を頼む」

「アキノ・トウジという人間は、装備作りやポーション作りを依頼が終わって帰宅してから、毎日欠かさず六時間以上、平気な顔してやってた時期があって、休日なんかはその気になれば気を失って寝るまで同じことを繰り返すこともある、って言ってるし」

「……はあ」

ジュノーの話を聞いたイグニールは絶句の後、さらに深いため息を吐いた。

なんだよ、悪いか。

毎日毎日欠かさず製作を行っているおかげで、強い装備が出来上がるんだ。

みんなの安全は、こういう地味な努力があるからこそなんだぞ、まったくもう。

それから……。

みんなが各自休憩を取る中、俺はゴーレムが湧かなくなるまで戦い続けた。

徐々に数が減っていき、最後に残った一体を倒し終えた時である。

「うおおおおおおおおお！」

吠えたよね、祭壇の一番上の台座みたいな場所で。


「……フッ、耐久勝負は俺の完全勝利だな」

四角い石材を積んで作られたピラミッド型の祭壇の頂点でガッツポーズ。

「もはや趣旨が変わってるわね」

「アォン」

勝ち誇る俺に呆れた視線を送りながら、ポチとイグニールがため息を吐いていた。

なんだよ、もうゴーレムは打ち止めっぽいし、これで確実に安全だろうに。

ジュノーとコレクトは、おやつを食べた後、そのままお昼寝タイムらしい。

俺の枕かフードがない時は、基本的にコレクトを枕にしているようだ。

「とりあえずコレクトとジュノーは俺のフードの中で寝かせといて、祭壇を調べてみるか」

現状安全ではあるが、万が一に備えてフードに移しておく。

「トウジは休憩しないの？」

「まだ平気かな」

戦い後のテンションが残っているうちに、気になるところは調べておきたかった。

時間も限られてるし、ゆっくり休むのは帰ってからでいい。

「アォン」

ポチの用意したサンドイッチを頬張りつつ、祭壇の調査に乗り出した。

「ありがとう、ポチ」

「祭壇の外周はこっちで調べておいたから、あとはこの台座だけね」

「助かるよ」

ポチとイグニールが調べて、特になんの成果もなかったのなら、やはりここが怪しい。

祭壇の頂点に存在する、何かを祀《まつ》っていたかのような台座だ。

台座に付着した苔《こけ》をクンクンするポチは可愛いなと思いつつ、俺も触って確認する。


【台座のゴーレムエンシャント】

年月がたち、苔むした古《いにしえ》のゴーレム。

いつからそこに存在していたのかは、誰もわからない。

「……ん？　ゴーレム？」

なんだこの台座、自分のことをゴーレムだと申すか。

「どうしたの？」

「いや、この台座、実はゴーレムっぽい」

「ええ……？」

書いてる通りに説明したのだが、イグニールは意味がわからないと困惑していた。

気になって台座の裏側に回って色々と調べてみると……。

「……」

「……」

目が合った。

苔むした台座ゴーレムと目が合ってしまった。

『用が済んだのなら荒らしは帰れ、もう帰ってくれ』

「えっ」

なんだか重くてよく通る声が祭壇に響き渡ったのだけど。

これはこの苔むした台座が喋った、ということで良いのだろうか。

「オン？」

「ポチにも聞こえたのか」

「アォン」

ポチは頷きながら俺の背中にぴょんと飛び乗って、一緒に苔むした台座を窺う。

「なんか今、声が聞こえなかった？」

イグニールにも聞こえていたようだ。

この場にいるのは俺たちくらいなもんだから、高確率でこの台座が喋っている。

「つーかそもそも、どうやって喋ってるんだ？」

「え、疑問を感じるところそこ？　確かに気になるけど、そうじゃなくない？」

「いや、ゴレオの声なんて聞いたことないから気になって……」

ゴレオが話せるようになったら意思疎通も楽だよな、って思ったんだ。

『もう帰れ。用が済んだのなら帰れ。ここには何もないから早く帰れ』

うわ、台座ゴーレムからの帰れコールがすごい。

だがしかし、帰るわけにはいかないのだ。

「一つ聞くけど、あの大量のゴーレムを出現させたのはお前か？　苔むした台座ゴーレム」

『台座ゴーレムではない、ゴーレムエンシャントだ。帰れ』

台座呼びしたのが気に障ったのか、ゴーレムエンシャントは苛立ったような声色で言う。

『最初は台座でもなく、苔むしてもいなかった。帰れ。私は最高の素材を以って作られた古代のゴーレムだ。何もわからない若造が。言動に気をつけろ、そして早く帰れ』

いや、俺の質問に一切答えてないんだけど……。

そんなに苔むした台座呼ばわりがこたえたのだろうか。

「ま、まあ、苔むしてるとか台座とか最高の素材とか、どうだっていい」

『良くない。帰れ』

「今から聞くことを全て話せば帰るよ、約束する」

もしゴーレムを出現させることができるのならば、ゴールドやプラチナをお願いします。

プラチナオンリーでも構いません、素材はありますので。

『聞けば帰るのか？』

「うん、帰る帰る」

『何が知りたい』

「とりあえず、今までゴーレムを生み出して操っていたものの正体はお前か？」

『……生み出すことはできない』

なるほど、つまり金になるゴーレムを生み出すことは叶わないということか。

残念だ。

『答えたぞ、帰れ』

「待て待て待て」

口を開けば帰れ帰れって、俺がお前に何をしたって言うんだ。

百歩譲ってゴーレムを倒したことを怒っているのなら、痛み分けである。

こっちだってゴレオが大変な目にあったんだからな。

『質問には答えた。もう帰れ。大切な祭壇を荒らしたことは許してやるから帰れ』

「荒らしたのは申し訳ないが、狙ったのはゴーレムだけで祭壇には手を出してないよ」

何が起こるかもわからないもんに手を出すほど、俺は馬鹿じゃない。

触らぬ神に祟りなしって言葉が日本にはあるのだ。

『ほう、貴様のオーガが祭壇の石材を勝手に用いて何かしているようだが？』

「えっ？」

そういえばゴクソツの姿が見えないな、と思って祭壇の下に目を向けると。

「ゴァッゴァッ……ハァハァハァ……」

祭壇に使われる石材を一部拝借して、それを背負いながら息荒く正座していた。

……どういうこと？　ねえ、あれどういうこと？

何をしているのか、まったく理解ができないのだが？

「今すぐジュノーを叩き起こそう。説明責任がある」

「さっき寝たばっかりなんだからダメよ」

「話を余計にややこしくする奴には説教だ。通訳してもらう！」

「説教しても喜んじゃうから意味ないわよ。大人しく戻しなさい」

もー！

イグニールの言う通り、とりあえずゴクソツは図鑑に戻しておくことにした。

『ふん、従魔の管理くらい徹底しておけ』

「ぐぬぬ」

何も言い返せない。

「悪かったよ。石材は元に戻しておくから、とにかく機嫌を直してくれ……」

『ならば良し。では、他に何を聞きたい。特に話すことはないぞ』

「うちのゴーレムが洗脳っぽい攻撃を受けたんだけど、それについて知ってることは？」

そのお礼参りをするべく、こうして奥までわざわざ来たのである。

『洗脳か。恐らくだが、催事を司るゴーレムシャーマンの力が原因だろう』

「ゴーレムシャーマン？」

『彼女は一定周期にこの祭壇にて祈りを捧げるのだ』

ゴーレムエンシャントが言うには、祈りを捧げることによってガイアドラゴンの魔力を元に多くのゴーレムを生み出すことができるらしい。

『生み出されたゴーレムたちは、大地を通り抜けてこの山脈の端まで魔力を送り届ける役目を担っている。この地の豊穣は、我々がガイアドラゴンより任された使命なのだ』

「ふむ……」

確かに、デプリとトガルを隔てる山脈はすごく豊かな場所だ。

大量の魔物がいるほど、満ち足りている。

そんなに奥地でもない場所で、ジュノーは希少鉱石オリハルコンを見つけたもんだしな。

山脈を陰で支えていたのが、ここのゴーレムたちだったようだ。

「……俺たちは大量にゴーレムを狩ってしまった状況なんだけど、大丈夫なの？」

『貴様は従魔のゴーレムが被害に遭い、その報復でこの祭壇までやってきたようだが、私たちからすれば外敵を排除しようとしたに過ぎない』

ゴーレムエンシャントは、ため息を交えながら言葉を続ける。

『その上で、同胞を大量に倒され、さらには祭壇まで荒らされてしまった。帰れという私の言葉に耳を傾けることすらしない貴様たちは、まさに畜生とも言える存在だな』

「……」

何も言い返すことができなかった。

居た堪れなくなったので、インベントリにあるゴーレムの残骸は全て返すことにした。

ドロップケテルだけで稼がせてもらったから、特に問題はないのである。

『欲望に任せたままゴーレムを狩り尽くしたくせに、珍しい人間だ』

「まあ、下手なことして恨みを買うつもりはないってことだよ」

あっさり返却した俺の対応に、不思議がるゴーレムエンシャント。

『それで貸しを作ったつもりか？』

「いや、貸し借りなしで頼むわ」

この調査依頼が終われば、もう二度とここに来ることはないだろう。

下手に貸しを作ったとか言って、わざわざ返しにこられても困るだけだ。

「これで仕切り直しってことで、もう一つ聞きたいことがあるんだけど」

『知り得ることならば、答えよう』

ゴーレムエンシャントの態度も軟化を見せたことだし、少し踏み込んだ質問をする。

「この地下洞窟に、アンデッドドラゴンとかゴブリンネクロマンサーっている？」

俺たちがこの地に侵入した時から気がついていたのならば、他の存在がここに来ていることも当然感知しているはずだった。

『……アンデッドドラゴン？　……ゴブリンネクロマンサー？』

「そいつらがここに潜伏しているかもしれないって聞いて、俺たちはここまで来たんだ」

そう告げると、ゴーレムエンシャントはしばしの沈黙の後、答えた。

『——来た』

マジか。

その答えを聞いた瞬間、ゴブリンネクロマンサーの目を思い出して背筋に悪寒が走る。

「いるかいないかじゃなくて、来たって言葉には何か意味があるのか？」

『ある。私が彼らを追い返したからだ』

「つまり、それは今この地にはいないと捉えてもいいの？」

『肯定しよう』

なるほど、どこかですれ違っていたのだろうか。

小賢は一体なんのためにこんな奥地まで来たのかわからないが、一つ気になることがある。

「よく追い返せたな」

恨みに取り憑かれたあいつは、俺よりも数倍は熾烈《しれつ》な性格をしているはずだ。

怒らせれば、この祭壇のある空間を崩落させることだってできるだろう。

『奴とは古来より友人関係を築いていた。争いなんて起こり得るはずがない』

「へえ……」

古来よりってことは、ネクロマンサーになる前から知り合いだったのか。

ゴーレムエンシャントから、何か情報を聞き出せたりしないものだろうか。

「その時の詳しい状況とかって、聞かせてもらえないか？」

『貴様に話す筋合いはない』

やっぱりそうだよな、と思ったがゴーレムエンシャントは言葉を続ける。

『と、言いたいところだが……あの数のゴーレムを掻《か》い潜《くぐ》り、ここまでたどり着いた貴様に少し頼みたいことができた。故に、話そう』

「お？」

なんだか話してくれそうな素振りだが、少しだけ雲行きが怪しい感じがした。

貸し借りなしで行くつもりだったのだが、さらっと頼まれごとをされそうな気がする。

「待て、その話をする前に、ちょっと待って」

ならばゴーレムの残骸を返却したのは貸し一つとして勘定してほしい。

話を聞くのは、その貸しを返してもらうと言うことで、ここは一つどうだろうか。

『頼みを聞いてくれないのであれば、特に話す必要もない』

「……うーん、取りつく島もないな」

なんだか面倒臭い予感がするのだが、小賢に関する情報は欲しい。

ええいままよ、とりあえずその頼みってやつを聞くだけ聞いてみることにしようか。

「聞くよ、聞く聞く」

まったく、ここ最近はどいつもこいつも一方的に面倒ごとを話しやがって。

たまには俺だって面倒ごとを押し付けたいもんだ。

『感謝する。もちろんお礼はしよう。眷属に伝わる秘宝を一つ、貴様にくれてやる』

「秘宝？　なになに？」

ちょっとそれは話が変わってくるね。

『古《いにしえ》より伝わる、決して朽ちるのことない特別な鉱石だ。もっとも、ゴーレムプラチナが欲しいと言うのならば、シャーマンに伝えて一体だけ――』

「――秘宝で」

即答だった。

ゴーレムプラチナなんて、ドロップアイテムが美味しいだけだからね。

ドロップアイテムはたんまりせしめたので、ここは秘宝を頂戴します。

「本当にくれるの？　嘘じゃないよね？」

『生み出されてから一度も嘘をついたことはない。……それより貴様、態度がさっきと』

「全然違わないです、はい」

ただ、ちゃんとしたお礼をもらえるということで、対応を切り替えただけだ。

やっぱりほら、見返りのない頼みごとなんて普通の人間は誰も引き受けない。

俺は善人でも勇者でもなく、ただの一般人だからね。

「それにこういう約束事って、余計な感情が入るよりもドライな雰囲気の方がいいよ」

『それもそうか』

そもそも何かしらの条件がないと、頼みごとが終わった際に困るのは頼んだ側だ。

相手の善意が後で重っ苦しくなるんだ、金の貸し借りと一緒で。

交渉で即物的に物事を捉えるのは、関係性の不均衡を防ぐための安全弁。

「それにしても……ゴーレムに伝わる秘宝が朽ちない鉱石か……」

まさに言い得て妙って感じである。

いや、ゴーレム自体が朽ちない鉱石と言っても過言ではないね。

不思議な世界だ、ここは。

それに、もしかすればその秘宝とは俺が探し求めていた素材なのかもしれない。

ヒヒイロカネの材料となる、錆びない鋼である。

錆びない鋼と朽ちない鉱石……なんとなく、似てると思わないか？

◇　◇　◇

俺たちはゴーレムエンシャントの周りに座って、彼の話に耳を傾けることにした。

『小賢ウィンストと私の関係性は、古くからの友人。いや、親友と言っても過言ではない』

近しい距離にあり、年に何度か会う程度には仲が良かったそうだ。

この山脈が一つのアパートだとしたら、上と下の階に住むご近所さんってところ。

向こうはゴブリンを束ね、こちらはゴーレムを統括する。

互いに人の領域には関わらないと決めた同士であり、立場的にも馬が合った。

『言わば同志だ。ダンジョンとは似て非なる、楽園を持つ同志だったのだ』

「楽園？」

『私たちは、単一の種族と眷属が多く住まう土地のことを楽園と呼ぶ』

「妖精の楽園と似たようなもんか」

『そうだ。妖精然り、ゴブリン然り、ゴーレム然り、全ての魔物に共通する』

行き場を失った魔物の寄り集まる隠れ里って感覚か。

オークやゴブリンが森や洞窟の中に形成する集落とは違って、外界との関わりを一切禁じたものというのが楽園の位置付けらしい。

『それこそが種が平和に生きる道であり、楽園である』

「なるほどね、一理ある」

『話を戻そう……彼は族長として、私は長老として、色々な悩みを語ったものだ』

懐かしむような声色で話すゴーレムエンシャント。

『山脈の裂け目にゴーレムが多く出現するのは、彼のアイデアだ』

「へえ」

『人は満ち足りていれば、わざわざ危険な裂け目の奥にまでこないからな』

ゴーレム通りは、わざとゴーレムが多く出現するようにしているそうだ。

よく考えたもんだな。

『三日前だ――』

ぼけっと話を聞いていると、ゴーレムエンシャントの雰囲気がガラッと変わる。

『彼が、小賢ウィンストが小竜を連れて私の元を訪ねて来た』

久しぶりに会った親友は、何もかもが一変していたそうだ。

それを見て、ゴーレムエンシャントは何があったのかをすぐ悟ったのである。

『聡明な小賢が、禁呪に呑《の》み込まれてしまうとは……情けない……』

何があったのか、もちろん聞いた。

しかし、小賢は無言を貫き何も答えることはなかった。

『外界で何があったのか、向こうが語らなければ相談に乗ることもできない。故に、時間が必要だろうと考えた私は、一度日を改めて出直すように提案した』

その時、ようやく小賢の口から一つの言葉が溢れた。

何かが喉元で言葉を発するのを阻止しているかのように、酷く潰れた声で……。

『……力がいる、と』

だから、祭壇から繋がる龍脈への道を開放してほしい、と。

『力になってやりたいのも山々だが、禁呪に呑まれた者を通すことはできなかった』

「そうだな」

『ただ、正当な理由で力を欲しているのならば、いくらでも検討した。相談に乗った。この場から一切動くことのできない私のことを案じ、度々訪れては楽しい話を聞かせてくれたたった一人の友のために、私とてできることは全てしようと思っていたのだ』

悔いるように、ゴーレムエンシャントは言葉を続ける。

『見ての通り、私には他のゴーレムと違い手も足もない。困っている友に寄り添うことも手を差し伸べることもできない。せいぜい話を聞いてやることだけだ。しかし、それでも拳の代わりに言葉で強く訴え掛けることはできる。だから私は力の限り言った』

――友に〝呑《の》まれるな〟と。

「小賢は、どんな反応だったんだ？」

『……………ない。何もなかった』

「そうか……」

『私の言葉は、何も存在しない虚空に向かって、ただただ独り言を呟いているようだった』

落ち込んでしまったようにトーンダウンするゴーレムエンシャント。

その時、もう何を言っても通じないと悟ったそうだ。

……キツいな。

親友だと思っていた奴が変わってしまって、それをどうにもできないもどかしさ。

俺にはまだ親友と呼べる存在はいないけど、登場人物をポチたちやイグニールに置き換えると心苦しくなる。

「……苔っち……」

「うわぁ、びっくりした」

どういう顔をすればよいのかわからないままでいると、いつの間にか起きて話を聞いていたジュノーが、目に涙をためながらゴーレムエンシャントに身を寄せていた。

多分、彼女なりに抱きしめているつもりなのだろう。

『前から気になっていたが、ダンジョンコアか』

「あたしもトウジに出会うまでは一人だったし、あたしのダンジョンからトウジたちが帰る時はすごく寂しくて悲しかったから……よくわかるし……」

『……気持ちはありがたい。だが、今私のことをなんと呼んだ？』

「え、苔っちだし」

『やめろその名前』

「えー、可愛いし！　苔むしてるから苔っち！」

パンケーキ師匠、マジで刹那を生きてるな……。

だが、どういう反応をすればよいのか、いまいちわからなかったので助かった。

ゴーレムエンシャントって呼び方も面倒だったし、苔っち呼びには賛成である。

「とりあえず、一悶着あったけど小賢は大人しく引き返したってことでいいのかしら？」

脱線した話を的確に戻したイグニールに、苔っちが答える。

『あの場はそうだ。しかし、ならば奪うだけだ、と言葉を残して去っていった』

「なら、また来るってことね」

『恐らく』

「なんで引き返したのかしらね？」

『わからない。だが言葉通りならば、次は問答無用で私を殺すだろうな』

そんな話を聞いて、なんとなく小賢は警告に来たんじゃないかと思った。

恨みに呑み込まれたが、少しだけ苔っちの話にある小賢の心が残っていて、それで逃げるための猶予を作るために来たんじゃないだろうか。

『本来ならば、死力を尽くして龍脈を守ることが私の役目なのだろう』

だが、とそこで言葉を区切ってから、苔っちは続ける。

『彼との力の差は歴然。地下に籠る私は、地上で幾度となく敵対者を退けてきた強者を相手に何ができるというのだろうか。困惑した、悩んだ。結果、私はそれが運命であると位置付けることにしたのだ』

再び相対した時、今一度説得し、それでもダメなら殺されても仕方がない。

『役目を果たすことも、友人を救うこともできない愚か者として、笑うがよい』

結局のところ、匙を投げ運任せにしてしまったのだ、と苔っちは笑っていた。

「いやまあ、選択するのが難しいって気持ちはよくわかるよ」

普通、どうしようもない状況ならば、誰だって逃げ出したくもなるもんだ。

今まで逃げて逃げて逃げ続けてきた俺は、彼の気持ちがよくわかった。

だが、断じて逃げではない。

自分のことを愚か者だと言うが、やれるだけのことはしようって気持ちは素直にすごい。

『長々と前置きを語ってしまったが……私からの頼みは、この祭壇の地下に存在する龍脈を守ってほしい。ただそれだけだ』

「なるほど」

『自ら匙を投げたくせに、降って湧いた希望に縋りたいとよく知らない他人を頼ることは、恥であると理解している。虫のいい話だってことは、重々承知の上だ』

自嘲しながら続けられる苔っちの言葉に、俺は黙って耳を傾けた。

『人間よ。割に合わないと思うのならば、ここが戦火に焼かれる前にさっさと引き返すことを推奨する。近道を教えてやろう、だから帰れ。すまないな、久々に話し相手ができて、私も少々浮かれていたようだ。さあ、帰れ』

「勝手に話を進めないでくれ、それに帰れコールはもう聞き飽きた」

『……』

帰れ帰れとまた自分勝手に会話を進める苔っちに言う。

「愚か者だとか、恥じているとか、虫がいいとか、自分ではどうしようもないことを人に頼ることは何も悪くないよ。何でもかんでもこなせる奴なんて、この世に一人も存在しない」

少なくとも、俺はいろんな人や仲間に頼りっぱなしだ。

ポチがいないとまともに生活できる気がしない。

ゴレオがいないと植物の世話とか、コレクトや南蛮の世話も満足にできない。

マイヤーがいなければ、デプリを出ることすらできなかっただろうし。

イグニールがいなければ、冒険者って仕事に前向きになれなかったはずだ。

「一人で考えただけで、俺よか何倍もマシだよ」

それに。

「秘宝をくれるんだろ？」

御大層な報酬だ。

ならば龍脈の一つや二つは守るくらいじゃないと、対価とは言えないさ。

◇　◇　◇

さて、とりあえず近いうちに姿を現すであろう小賢を待ち構えつつ、その前に一つだけやっておくことがあった。

「……」

「……」

祭壇の上で、うら若き乙女のような見事な造形を持ったゴーレムが頭を下げる。

それに合わせて、メイド服を身に纏ったゴーレムも頭を下げる。

ゴゴゴ、ゴゴゴゴと変な音が響いていた。

『うちのシャーロットは心から謝罪をしている』

「ゴレオも事情があるのならば仕方がないって言ってるし」

通訳を挟み、それぞれのゴーレムがゴッツと固い握手を交わしていた。

いや、硬いと表現した方がいいのか、この状況は。

とにかく、仲直りという運びである。

「えーと……」

どこからどのように説明すればよいのか、わけがわからんのだが、一応これは誤解が溶けた感動的なシーンなのである。

雌型のゴーレムが対面で固く抱擁するという絵面に対して、俺が的確な説明をできないのが悪いと思うのだが、本当にどう説明すればいいのかわからない。

素直に言っておくが、誰か助けてくれ。

シャーロットと呼ばれたゴーレムが、苔っちの言っていたゴーレムシャーマンだ。

一定周期で龍脈に向かって祈りを捧げ、生まれたゴーレムに指示を出す役割を持つ。

あの時は外敵排除のために祈りを捧げており、そのせいでゴレオは我を忘れてしまい俺を攻撃したというのが事の顛末だった。

「それにしても、ゴレオみたいなゴーレムがもう一体いたのには驚きね」

「あたしも驚いたし！」

シャーロットは、メイドゴレオのようにニコリと微笑むことができる。

ゴーレムの上位個体で、アマルガムを主成分としたゴーレムだから当然だ。

「ってか雌型とか雄型とか、なんでゴーレムに性別が存在するの？」

そんな俺の疑問は、見事にスルーされてしまい誰も答えてくれなかった。

なんで誰も答えてくれないんですか、教えてくださいよ。

こればっかりはそんな生き物なんだな、とか適当に納得できる範疇を超えています。

『シャーロットも最初はこんな姿ではなかった。少し線の細い美形ゴーレムだったのだ』

ゴーレムに美形とかあるのか？

聞いてもどうせ答えてくれないんだろうけどな、けっ。

『実は最近彼氏ができて、その彼氏の影響で今の姿になったのだ』

「か、彼氏……？」

苔っちの言葉に、開いた口が塞がらない。

やばい、俺の中のゴーレム像が音を立てて崩れ去っていくのがわかった。

俺には彼女すらいないってのに、最近のゴーレムは進んでいらっしゃる。

「イグニール、彼氏って何？　美味しいし？」

「え？　えっと……」

彼氏を食べ物か何かだと思っているジュノーに、イグニールは教えてあげる。

「彼氏っていうのは、好きな男性のことよ」

「へぇー、っていうことは、トウジはあたしの彼氏ってことでいいし？」

ほう、ジュノーは俺のことが好きと申す。

なるほどなるほど。

「ジュノーは、トウジのことが好きなの？」

「うん、パンケーキくれるから好き！」

そっちかよ、と思わずずっこけた。

「ポチもゴレオもコレクトも、もちろんイグニールも好き。でも男の人間じゃないからポチもコレクトもイグニールも彼氏じゃないんだよね？」

「そうね、それは彼氏とは言わないわね」

あとパンケーキくれるだけなのも彼氏とは言わないとイグニールに言われて、ジュノーは「んー？」と首を捻っていた。

まあ、そういうオチだとは思っていた。

ダンジョンコアの彼氏になったところで何も嬉しくはないのである。

普通に人間でよろしく。

「イグニールには彼氏いたし？」

「えっ」

純粋なパンケーキ師匠からイグニールへの唐突なキラーパス。

それは俺もやや気になるところである。

今までそんな話は一度もしてこなかったし、する機会がなかったからね。

「そ、そういうのは今度話しましょうか？　ね？」

「はーい！　ガールズトークで語り明かすし！」

ジュノーの質問攻撃を躱《かわ》しながら、ほっと胸を撫で下ろすイグニール。

あまり知られたくないような過去があったりするのだろうか。

イグニールは誰が見ても美人だし、色々な人から声をかけられてそうである。

俺とは大違いだ。

「……？」

「……！」

俺たちがそんな話をしている中、ゴレオとシャーロットは体を動かしながら身振り手振りでコミュニケーションを取っていた。

くそ、何か話し込んでいるっぽいけど、聞こえないのがもどかしいな。

「苔っち、あいつらも喋れるようにならんのか？」

『無理だ』

横目で苔っちを見ると、即答された。

『私の場合、発声器官を用いて喋るのではなく、意思を周りに飛ばしているだけだからな』

「それはできないの？」

『できないから無理だと言っている』

「マジか」

『私の体を構成するものは、インテリジェンスストーンと呼ばれる鉱石だ。故に、こうして周りと意思疎通が可能となっている』

「インテリジェンスストーン……？」

『意思を持つ鉱石のことだ』

まーたなんか新しい鉱石の名前が出て来たぞ。

意思を持つ石、なんてくだらない駄洒落が頭を過《よぎ》る。

「でもそれってゴーレムじゃないの？」

うちのゴレオだって、おたくのシャーロットだって、意思を持って動いている。

まさに意思を持った動く鉱石なのだから、インテリジェンスだ。

『否定はしない。全てのゴーレムの生みの親であり、太初の意思と呼ばれた最初のゴーレムがインテリジェンスストーンである。各地に点在する欠片の一つを私が受け継いだ。世界各地には私のような使命を持ったゴーレムがまだ複数残っているだろう。互いに動けぬ存在だから、見たことも会ったこともないがな』

「へぇー」

詳しく聞くと、なんだかすごく長い話になりそうなので適当に流しておく。

ゴーレムの起源とか、そんな話には興味はない。

「えっ⁉　あの著名な芸術家ロガソー氏が彼氏なの⁉」

イグニールの驚く声が聞こえてきたので振り向くと、何やらシャーロットが恥ずかしそうに体をくねらせ、ゴレオは興奮したように食い気味に話を聞いていた。

「なんだかゴレオが興味津々だし？　シャーロットの彼氏がそんなに気になるし？」

「……！」

「ああ、どうやってロガソーをゲットしたのか気になるってことだし？」

人間の彼氏ゲットという、ゴーレムの新たな可能性を見せてくれたシャーロットに色々とご教授を願うゴレオである。

「ジュノー、シャーロットはなんて？　どうやって付き合ったって言ってるの？」

「んとねー、相手から猛烈なアプローチを受けたんだって、それでなし崩し的に」

「……まあ、ゴーレムマニア候補だったし、なんとなく想像できるわね」

ゴーレムマニアがゴーレムに求愛する姿を想像したのか、イグニールの表情が半笑いに変わっていた。

実は、シャーロット本人も返事にすごく迷ったらしいのだが、ここまで情熱的にしつこく求愛してくる人を無下にすることもできず、二人はこっそり会う時間を作り始めたらしい。

今のシャーロットの美しい姿は、全てロガソー氏が揃えてくれたそうだ……って、とりあえずこの話も長くなりそうなのでここで締めておく。

ちょっと君たちさ、これから小賢がやってきて熾烈な戦いが始まる状況だってのに、何を呑気にガールズトークに花を咲かせてるんだ。

終わりだ終わりだ！　ガールズトークは終わり！


さて、結局終わらなかったので、俺は一人で戦いの準備をすることになった。

まずはこの祭壇を補強する。

ＶＩＴを強化した装備をカナトコで祭壇に使われるでかい石材の見た目に変更した。

龍脈へ繋がる道は、この祭壇の中に存在する。

小賢もここを狙ってくるのであれば、守りを強化するのも必然なのだった。

俺の装備の方が、岩より硬いからね。

それに、敵が岩を持ってぶん投げて〝攻撃する〟ことができなくなる。

この世界の必要レベルというものを逆手に取ったやり方だ。

持ち上げることは可能でも、攻撃の意思が加わると何もできなくなるのは確認済み。
もっとも小賢が必要レベルを満たしていれば意味がなく、諸刃の剣だ。
しかしそれはないと予測できる。
そこまでレベルが高いのならば、あの時俺は生きちゃいなかっただろうしな。
『何をしている？』
装備を次々と石材の見た目に変えていく俺を見ながら、苔っちが尋ねる。
「小細工だよ」
『どのような小細工か知らないが、通用するような相手ではないぞ』
「それでもできる限りのことはやっといた方がいいだろ？」
最初から勝ちの目を捨てて行動しても、良い結果は何も得られない。
物事の準備というものは、時間が許す限り過剰にやっといた方がいいのだ。
そもそも俺は戦闘系チートではなく、物作り系の小細工チート。
「戦いの前の準備が全てだよ」
『……なるほど』
恐らく小賢が前に戦った時のままであれば、苦戦を強いられることもないはずだ。
秘薬もあれば、ポチたちの装備だってあの頃に比べてかなり強くなっている。
強い特殊能力を保持したサモンモンスターたちの層も厚くなったのだ。

しかし、俺たちが成長していて、敵が成長していないという保証は一切ない。

むしろ時間を経て、向こうもレベルアップしていると判断した方がいいだろう。

災害規模の騒動を巻き起こせるほどに、だ。

強く警戒しておくべき事柄は、アンデッド化していたゴブリンたちのように、小賢本人が殺しても死なない状況である。

死なない相手をどうやって倒すのかと聞かれれば、やっぱり封印の類だ。

壊れない、必要レベルが足りなければ攻撃に使用することのできない石材での下敷きにすれば、それは難攻不落の監獄になり得る。

それで終われば一番良いが、一応他にも情報がないか苔っちに聞いておくか。

「苔っち、奴はこの祭壇の地下にある龍脈を狙ってるんだよな？」

『そうだ』

「何が目的なんだろう……力が欲しいって、どういうことなんだ？」

パワーアップの可能性は、できれば排除しておきたい。

『……永き眠りについた地竜の魂が存在する。恐らくその力だろう』

「それって、つまりガイアドラゴンの魂ってこと？」

『肯定だ。かつて戦乱の時、役目を終えたガイアドラゴンはこの地に眠った』

俺は作業の傍ら、苔っちの言葉に耳を傾ける。

『巨大な力は全てを狂わせる。ガイアはそれを憂いており、自らの魂をこの地に封印することを決意したのだ。封印したとしても無尽蔵に溢れる魔力。私たち眷属は、その魔力が一つの場所に集まらないように各地へ分散させる役目を担っている』

「へえ、そうだったのか……」

だったら、過去の戦乱を生きた昔の勇者についても何か知っていることはあるのだろうか。

俺みたいなやつがいたのか気になったので、聞いてみることにした。

「過去の勇者の状況とかって、何かわかったりする？」

『それはわからない。今話したことは、誰かが私に植え付けた知識であって、私が実際に体験し知り得たものではない。私はこの祭壇に鎮座するただの台座に過ぎないのだ』

「まだ自嘲してるのか、聞いた感じではかなり重要な役割を担ってそうな――」

『――理解している』

俺が言いかけたところで、苔っちは話を遮って言葉を続ける。

『石であれど、意思を持つ。永きにわたって孤独だった私にとって、彼の存在はとてつもなく大きな割合を占めていた』

だからこそ、と苔っちは話す。

『あの子には、シャーマンには外の世界との繋がりを禁じなかった。そして出会った人間との関わりを認めた。私が見たことのない外の世界は、どのような影響を及ぼすのか確かめたかったという理由もあるが、本当は仲間が欲しかっただけなのかもしれない。しかし、余計な因果を生み出してしまったな、おかげで私は岐路に立たされている。自由に動くための足すらないのに、だ』

「……まあ」

『どんな結果になろうとも、どちらかを失う結果になろうとも、覚悟はできている』

その時、不意に苔っちの体の一部がガゴッと音を立てて砕けた。

台座の装飾となっていたよく磨かれた丸い部分。

「お、おい⁉」

『問題ない。まずは砕けた私の一部を拾え。そして貴様の馬鹿みたいにでかいアイテムボックスに大切にしまっておくことだ』

「これは……？」

『ウーツ鉱石。恐らく私の故郷だとされる場所にしか存在しない、朽ちない鉱石だ』

「お、おお……！」

これがウーツか。

これを精錬することで、ヒヒイロカネの材料となるウーツ鋼になるのだろう。

『全ての鉱石は、半永久的に存在し続けると思われているが、それは寿命が長いだけであって終わりは必ず存在する。しかし、このウーツは元に戻ろうとする性質を持つ特殊な鉱石だ。多少の劣化はあれど、自らの意思であるべき姿に戻ろうとするからこそ、朽ちることのない鉱石だと言われている。同じウーツによる阻害がない限りは、な』

「なるほど」

『全てのゴーレムがこの力の一端を持つ。もっとも、私のような上位存在ではない限り、純度は海の中に零《しずく》した一雫程度である。宝石のように輝くこともない、無価値な石ころにしか思えないだろうが、これほどのウーツは自然界ではまず見られないぞ』

「無価値なもんか」

金銀財宝は生きていく上で重要な役割を持つが、いざという時に助けてくれるかと聞かれれば、決してそうではない。

装備を作る俺からすれば、ヒヒイロカネの材料となるこの鉱石の価値は測りしれないのだ。

『散々理屈を捏《こ》ねくり回してしまったが、シャーロットにはもっと外の世界を見てほしいと思っている。もし最悪の事態が起こった時は、彼女をよろしく頼む。これは前払いだ』

なんだなんだ、本音はそれか。

本当に長々と理屈を並べ立ててくれたもんだ。

親心とは、本当に難しいものである。

「前払いされた以上、何が何でも達成するさ」

『その言葉を信じよう』

「一応言っておくけど、冒険者ギルドでの俺の依頼達成率は１００％だよ」

『……人間の物差しで語られても理解できないが、過去に同じことを言う者がいた』

「お？　昔の勇者とか？」

『霞がかかったような記憶だ。恐らく私に知識を植え付けた者なのかもしれないな』

「へえ」

何のために苔っちは作られたんだろうね。

知識を植え付けた石って、異世界版アカシックレコードみたいなもんなのだろうか。

まあ、何でもいいか。

今は来るべき戦いのために、全力で準備を行うのだ。

「ねー、トウジ！　大人の関係ってなんだし!?」

準備を再開してすぐ、避難先にしていた祭壇の下にある龍脈からジュノーが飛んできた。

「ええ……いきなりなに……」

「なんかシャーロットたちの話についていけないし！　Bって何、Cって何？」

「お、俺もわかんない」

説明がすごく面倒なので、知らない振りをしておく。

ガールズトークで何を話しているのだろうか。

つーか、ロガソーさんよ。

ゴーレム相手にどこまで踏み入った関係を築いてるんだって話だ。

ちょっと想像して怖くなってきちゃったんだけど、俺。

「ねえねえねえ、Zって何！　Xって何ー！」

「ごめん、それはマジでわからん。何だそれは、俺も知りたい」

Z？　X？　いや、どういうこと。

俺もそこまで女性経験豊富じゃないからわかりませんのことよ！

◇◇◇

『――そろそろだ、軍勢がこの地へと侵入した』

苔っちの一言で、全員がそれぞれ武器を携えて待機する。

どうやら敵さんのお出ましらしい。

「小賢だよね？」

『無論、彼と彼に準拠する闇の軍勢だ。なるほど、一度戻ったのは情けではなく、数を揃えてくるためだったようだ……』

少し残念そうな苔っちの声色。

心の中では、まだ自分の声が少しくらいは響いてくれたのではないかと思っていたようだ。

闇落ちした友人相手には、ありがちな展開である。

だが、そういうものは死闘を経て言葉を交わすが一般的なストーリーだよな？

俺は小賢と死闘を演じるつもりは毛頭ないけどね。

「イグニール、ジュノーとシャーロットの護衛を頼む」

「了解」

「ポチは高台に潜伏して、よく状況を見といてほしい」

「オン」

「ゴレオとゴクソツは前線だ。俺についてこい」

「……！」

「ゴァッ！」

最初の布陣はポチ、ゴレオ、ゴクソツの三人。

切り札であるキングさんや他の強キャラたちは後に回すぞ。

戦いはジャンケンで、奥の手は後出し用に隠しておくのが一番強い。

【サモンカード：ゴーレム】
等級：レジェンド
特殊能力：召喚時、50％の被ダメージを肩代わりする
特殊能力：召喚時、装備の耐久を回復する。10％／1日

見てほしい、実は準備時間の間に有り余るゴーレムのサモンカードを用いて、ゴレオの等級をレジェンドにまで上昇させた。

全て一発成功で、掛かった費用は1億1100万ケテル。

今回大量のケテルをゲットしたわけだし、ここはゴレオのためにも奮発したのだ。

注目すべきは、レジェンドになったことで解放された特殊能力の二つ目である。

なんと、装備の耐久回復能力だ。

線引きがどこまでなのかわからないが、恐らく俺の装備限定ではないかと思う。

これで少し前に考えていた装備に家具の見た目をカナトコするアイデアが有効となる。

さらに、ライデンのへし折れてしまった刀も十日で元どおりになるという、スーパーウルトラミラクル特殊能力だ。

麒麟の霊核を探してどこぞへ向かう必要がなくなったのは、すこぶる大きいぞ！

やったなゴレオ！

持ち前の被ダメージ肩代わり能力も、レア時の20％からレジェンドになることで一気に50％にまで昇華された。

ゴクソツと前衛を組ませることによって、そのシナジー効果は俺の睨んだ通りで無限大。

「ゴレオ、調子はどうだ？」

「……！」

尋ねてみると、グッと拳を握りしめて絶好調だと気持ちを表すゴレオである。

ジュノーの通訳によれば、前よりメイドゴレオ状態を長くキープできそうとのこと。

やはり等級が上昇すると、前よりも強くなるのだろうか。

普通の魔物より、上位互換の魔物からドロップするサモンカードの方が等級は高い。

そこから考えれば、等級が上昇することで一段階強くなるのも当然か。

「今日は頼むぞ、ゴレオ」

「……！」

第三章　アンデッド軍勢との戦い

新たなゴレオと共に、今か今かと待ち構えていると、苔っちが唐突に呟いた。

『――来た』

その瞬間、背筋を薄ら寒い感覚がゾワッと走る。

この感覚は、前に小賢の目を間近で見た時とそっくりだった。

『正面、いや、左右……後方……うむ、全方向から軍勢が押し寄せているな』

敵襲の際、ナビゲートを担当していた苔っちなわけだが、早速匙を投げていた。

このゴーレムエンシャント、匙投げ過ぎだろ。

まあ、それも仕方がない。

苔っちの言う通り、全方位から祭壇を取り囲むようにアンデッドが押し寄せていた。

「う、うう」

「おぁ、ぁ」

「えう、よぁい」

呻き声と共に、屍の大行進が姿を現す。

種類は、ゴブリンだけではなく、他の魔物から人間まで多種多様。

「……酷いな」

祭壇の周りの松明は、目の前のおぞましい光景を照らし出していた。

「……トウジ、これって」

険しい表情のまま固まるイグニールの言いたいことは、すぐに理解できた。

魔物以外のアンデッドは、恐らくアンデッド災害の被害者だろう。

本当に酷い。

山脈を隔てた隣国デプリで起こったアンデッド災害を、まるで対岸の火事のように捉えていたのだが、こうして目の前にすると一気に現実味が増した。

「トウジ、顔色悪そうだけど……大丈夫？」

「う、うん」

心配してくれるイグニールの言葉に頷いておくが、大丈夫だとはとても言い切れない。

精神をガリガリと削られていくような感覚がある。

小賢と戦うために気合を入れて準備をしたはずだったのだが、割り切れない自分がいた。

ゴブリンや魔物のアンデッドならまだマシだが、中に混ざった人間のアンデッドは全てデプリ側で犠牲になった被害者である。

この数だと、ウィリアムですれ違った人もいるんじゃないか……？

「うっ」

そう考えた時、急に強い不安が心を襲った。

デプリにいた頃、世話になった四人組の冒険者の顔が頭に思い浮かんだ。

「まさか……ッ」

いないよな？　あいつらは、さすがに平気だよな？

そんな頭の中に浮かんだ最悪のイメージをどうにか払拭したくて、アンデッドの軍勢をキョロキョロ見渡すと、彼らがいた。

「お、おいおいおいおい！　アレス、クラソン、エリーサ、フーリ！」

ちょっと待て、ちょっと待ってくれ。

新緑の風の四人が、軍勢の中に混じってじっと俺を見つめていた。

口元が少しだけ動いている。

何を喋っているのか聞き取れないが、まさか「助けて」と告げているのだろうか。

まだ生きているのならば、早く助けないと——

「——トウジ！　待ちなさい！」

イグニールに腕を掴まれ止められる。

「離してくれ！　知り合いが中にいて助けを求めてる！　まだ生きてるかもしれない！」

「アンデッドが助けを求めるわけないでしょ！　火精の加護！」

彼女は強く俺を引き戻すと同時に、魔法を詠唱した。

コフリータが俺の周りをくるくると飛び、胸の中にあった不安やら焦燥感がスッと綺麗さっぱり消え去った。

「あ、あれ……？」

再びアンデッドの軍勢に視線を向けて、四人を探す。

だが、どれだけ目を凝らしても、さっき見かけた彼らの顔はどこにも存在しなかった。

「……幻覚？」

「ネクロマンサー系の魔物は、わざとアンデッド化させた同族を嗾《けしか》けて幻覚を見せてくることが多いのよ。強い魔物をアンデッドにするよりも自滅を誘う方が手間が少ないから」

「な、なるほど」

俺はまんまと心の隙間に入られて、幻覚を見せられてしまったということか。

イグニールが止めてくれなければ、迂闊に突っ込んでしまうところだった。

「確かに、初めてネクロマンサーと戦った時もそんな感じだったかもしれない」

村長とズブズブの関係性を築いていた別支部の冒険者たちが、仲間の半分をアンデッドにされて狼狽えているうちに餌食にされていたのを思い出す。

「危ねぇ……」

「トウジは対策してるものとばかり思ってて伝え忘れてた。ごめん」

「いや、いいよ。俺のミスだから」

大量に存在する人間のアンデッドに、呑まれてしまった俺が悪い。

幻覚は、メンタルが弱い奴や心に隙がある奴ほどかかりやすい。

劣等感の塊である二十九歳フリーターには、まさに効果抜群なのかもしれない。

「トウジ、辛いなら変わるけど」

俺の心情を察してか、イグニールが手を握りしめながらそう言った。

「何から何までイグニールの力を借りるわけにもいかないさ」

彼女は、龍脈まで届きそうなアンデッドがいた場合の最終防衛ラインである。

高い魔力を持っている彼女は、幻覚攻撃からの抵抗力もあった。

万が一のことを考えると、尚更外せない。

「俺とゴレオで何とか前線を張るよ。ゴーレムに幻覚は通用しないからね」

「そうだけど、数が数だからやっぱり私の炎で一気に焼き払うのがいいんじゃないの」

「ダメダメ、それは本当に奥の手として取っとくもんだよ」

序盤に炎対策なんてされてしまえば、本当に太刀打ちができなくなってしまう。

今この場にいるのはアンデッドの軍勢のみで、小賢がまだだ。

真打が来ない状況で俺たちの手の内を晒すことは絶対にしたくないのである。

「とは言え、確かにあの数を相手し続けるのはキツいから、作戦その一だ」

「作戦……？　聞いてないけど、そんなこと一言も」

「言ってないからね」

「それは作戦とは言わなくない？」

……確かに。

「まあ、とりあえずゴクソツ戻れ！」

ゴレオと一緒にアンデッドの侵攻を食い止めていたゴクソツを図鑑に戻し、代わりにチロルを召喚する。

「おいで、チロル」

召喚魔法陣からぴょーんと現れ胸に飛び込んでくるチロルを受け止めると、イグニールに預けておく。

「ピキィ！」

「よし、イグニールの側にいろ」

「え、ただのスライム……？　それが作戦……？」

今いち理解できていないイグニールに教えておく。

「チロルは、いるだけで周りにいる者全てのＨＰを十秒間に10ずつ回復してくれる。それもＭＰ関係なく、半永久的にね」

「……あなた、とんでもないスライムなのね。聖女スライムかしら？」

「ピキィ～」

聖女スライムと呼ばれたチロルは、とても嬉しそうに体を震わせていた。

今はしょぼい回復効果だが、等級をあげればどんどん強烈になる。

そうなると、マジで聖女を超えた無差別回復能力持ちのスライムとなるのだ。

もう聖女なんていらない、いやうちのチロルが聖女である。

瑞々しいプルプルボディも合わさって、まさにアイドルスライムだ。

「敵味方関係なく無差別に回復させせちゃうから、あまり戦いの場には出せないけど、今のこの状況ならベストじゃない？」

「ああ、なるほどね」

俺の言葉を聞いて、イグニールは素直に納得していた。

これが俺の作戦その一、ヒールアタック戦法である。

この世界のアンデッドには、回復魔法が攻撃として通用するのだ。

「さらに今まで散々作ってきて死蔵してた低等級ポーションもおまけだ！」

チロルの影響によって、祭壇に集まっていたアンデッドの動きが目に見えて遅くなる。

そんな中に。

「あの日、職人技能を得て今まで、俺がポーションを作らない日は一度たりとて……なかったんだよぉぉぉおおおおおおおおおおおおおおおおおおおおっ!!」

俺はインベントリにアホほど溜め込まれたポーションを投げ込んだ。

ガラスが割れる音と共に、ポーションによって崩れ落ちるアンデッドたち。

残弾は、ここに集《つど》うアンデッドの数の十倍以上は軽くある。

相手がどれだけの数で圧してこようが、俺だって数で対抗だ。

「そんなに叫ぶほどのものなの？」

「いや、一応ネクロマンサーの幻覚に呑まれないようにって意味も込めてね」

恐怖に囚われたら、相手のペースに巻き込まれたらお仕舞いである。

気合を入れるためにも、腹に力を入れて声を出すんだ。

「なんなら浄水だってつけてやるぞ！　大盤振る舞いだ！」

聖水ほどの効力を持たないが、ポーションよりもアンデッドにダメージが入る。

持てる力の全てを利用して立ち向かうのだ。

「大盤振る舞いね。浄水って色々と使い道があるんじゃないの？」

「……いいんだ」

この浄水には、犠牲になった人たちに向けて無事に成仏するようにって意味も込めているので、今回は大盤振る舞いさせていただく。

もっとも、確かに秘薬を作る上で浄水は欠かせない素材ではあるのだが、ギリスに帰ればジュノーのダンジョンにたくさんあるからね。

「よっしゃあああああああああああああああああああああ！」

頬を叩いて気合を入れると、俺はインベントリからありったけのポーションや浄水を取り出したのだった。

キュポンキュポンキュポンキュポンキュポン！

キュポポポポポン！

「うおおおおおおお！　開栓開栓開栓！」

勢いよく取り出したのはいいが、それから先は小瓶の栓を開ける作業に追われた。

それを手伝いながら、イグニールは何とも反応に困った表情を見せる。

「……ものすごい気合を入れた割には……地味ね」

「いや、瓶は流石にもったいないと思って」

それに俺たちが祭壇から降りる時に、割れたガラスの破片が散らばっているのは危ない。

インベントリから取り出したポーションと浄水は、しっかり栓を抜いて使いましょう。

高所で警戒させていたポチも呼び戻して、ゴレオ以外のみんなで開栓作業にあたる。

開栓したものは、別で用意した桶に溜めてから流すぞ。

「とても目の前にアンデッドの軍勢が犇《ひしめ》いてる状況とは思えない光景よね」

「トウジー、指疲れたしー」

「アォン……」

「いいから黙って手を動かせ！　間に合わなくなっても知らんぞ！」

ちなみに俺の作るポーションだが、もはや中身よりも小瓶の方が高いのである。

瓶は装備じゃないので、俺には作れないからね。

「ちなみにあと何個あるし」

「2000個以上」

「しっ!?」

本当はもっとあるのだが、さすがにやる気をなくしてしまうかなと思ってほどほどに。

「なんでこんなことになったたし……」

「俺だってポーションをこんな用途に使うなんて想像してなかったし」

しかし、チロルのおかげでアンデッドの動きはかなり遅くなっている。

そこに、ポーションや浄水でビチャビチャになった祭壇の階段だ。

地味に強力な継続ダメージをアンデッド共に与えているようだった。

「ぬふううううう！　あたしは体が小さいからこの作業向いてないし！」

「アォン」

体が小さなジュノーは、両手で抱き抱えるようにして栓を開けなければならない。

そんな状況を見かねたポチが、ジュノーの分まで頑張ってくれていた。

俺が作ったポーションを瓶に入れる作業の大半を担ってきたポチである。

みんなの三倍くらいの速度でスポポポポポポポッと開栓しまくっていた。

「作業分担が肝だぞ！　開栓したら桶に溜めて、一気に流す！」

「トウジ、冷静に考えてやっぱり投げた方が良いわよ。無理があるってば」

「えー……」

「瓶をこう、投げつけるだけでもアンデッドには有効なダメージになるわ」

身振り手振りで何とか瓶ごと投げてスプラッシュさせようと俺を説得するイグニール。

「ね？　開栓して溜めてってやってたら、アンデッドがここまで来ちゃうから」

「……うーん」

やはり数の暴力で攻められたら、厳しいのだろうか。

彼女の言う通り、俺たちが急いで開栓作業をしている間に、アンデッドたちは先陣を切って崩れ落ちたアンデッドの上を這い上がりながら迫ってきている。

瓶がもったいないのだが、ここは彼女の案を採用して投げつけ作戦しか……。

「あ、よう、お、つよい――ゅ」

「うぉい、おい――あっ」

あっ!!

祭壇を這いずり登ってきていたアンデッドの一体が、ポーションで滑って落ちていった。

そのまま後ろを追随していた他のアンデッドを巻き込んで雪崩式に転げ落ちていく。

『祭壇に用いられた石材はかなり上質な物だ。摩擦が弱まればこうなるのも必然だろう』

「うおー！　なんだか知らんが通用してるっぽいから俺のやり方を継続でっ！」

ケチってちびちびやっていた状況が思わぬ形で好転した。

統率が執れていないアンデッドだからこそ、一箇所が崩れると脆《もろ》いようだ。

再びジリジリとよじ登ってきては、つるりと滑って落ちていく。

その姿はさながら年明けの特番のワンシーンみたいだった。

「………奇跡か」

そんなアンデッドを尻目に、イグニールは呆れ返りながらぼそりと呟くのであった。

◇　◇　◇

それからアンデッドの自爆も合わさって、かなりの数を減らすことができた。

空を飛べる魔物タイプのアンデッドが、チロルの全方位ヒール攻撃の中をなんとかフラフラと飛んでくるのだが、ポチがクロスボウで翼を打ち抜き迅速に処理することによって一切問題にならなかった。

機動力のある虫タイプの魔物が、たまにすごい勢いで祭壇を駆け上がってくることもあるのだが、それもポチが頭部を射抜いて「ぁぁぅぉ、ぁぃ、ぉぅっ」とよくわからん悲鳴をあげながら周りのアンデッドを巻き込んで真っ逆さまに落ちていき動かなくなる。

「おー……なんだか楽しそうだし……」

開栓作業に飽きたジュノーは、祭壇滑り台を落ちていくアンデッドを若干羨ましそうに指を咥《くわ》えながら見ていた。

「楽しいわけないだろ、早く作業に戻れよ」

「でもぉ」

馬鹿げた光景だが、一応今はアンデッドの軍勢と戦っている最中だ。

そんな状況で遊ぶだなんて、俺は断じて許しません。

「家に帰ったら滑り台でも作って遊べばいいだろ？」

「あっ、その手があったし！　わーい、浄水の池でみんなで遊ぶし！」

ジュノーの力があれば、ウォータースライダーなんか簡単に作れてしまいそうだ。

「みんなで帰って遊ぶためにも、今はアンデッドを何とかするぞ」

『思ったんだが』

何とかジュノーを作業に戻そうとしていると、苔っちが途中で口を挟む。

『貴様のスライムの能力によって、アンデッドたちは弱っている。この状況ならば普通に戦っても余裕なのではないだろうか』

「……言うな」

確かに苔っちの言うことも一理ある。

俺だって途中で気付いたのだが、この方法はアンデッドの自滅を誘えるから、自分の手を汚さずに数を減らすことができると思ったのだ。

『善人なのか、はたまた屑なのか、貴様という人間はよくわからない』

思ったままを口にすると、そんな言葉が返ってきた。

ハハハ、テヘペロ。

「苔っちだって、ゴーレム通りに適度にゴーレムを出現させてるだろ？」

『人の欲望は限りを知らないからな、この地を守るためだ』

「それと一緒だよ、一緒」

変な保身かもしれないが、これが大人の正しいメンタルケアだぞ。

責任というものは、基本的に可能な限り薄く薄くするのが一番良いのだ。

「……よし、そろそろだな」

「アォン！」

俺の声に合わせて、開栓作業に従事していたポチがサムズアップ。

今回は桶ではなく、風呂釜だ。

風呂釜いっぱいにまで溜め込んだ浄水を祭壇の上から一気に流す。

「多分これを流したら面白いことになるぞ！」

「オン！」

『……もはや戦いを忘れてしまってはいないだろうか』

苔っちの虚しい呟きは聞き流しておく。

浄水の力はポーションの比ではなく、すごい勢いでアンデッドが浄化していくのだ。

その光景は、なんだかこっちがスッキリとした気持ちになる程に爽快。

「ねーねー、どうせならもっと一気にかけた方が楽しそうだし」

「それができたらこんなに苦労してないんだわ」

浄水もポーションも基本的には瓶詰め小分けしてインベントリに入れてある。

大量に作って桶に入れておいたとしても、ポチがせっせと瓶詰めしてくれるからね。だから見てないでさっさと開栓作業に戻れ。

「でもでもでも、あたしのストレージから直接池の浄水をドバーッってできるよ？」

「は？」

ジュノーの口から出てきた一言は、俺たちの今までの努力を全て水の泡にしてしまう程のインパクトがあった。

「……ジュノー、それ本当？」

「うん」

素《す》っ頓狂《とんきょう》な顔をして頷くジュノーに、イグニールが大きなため息を吐く。

「もう、早く言いなさいよ……」

「だ、だってだって！　トウジのインベントリの方が高性能だし、なんか考えがあるのかなって思ってたんだし！　それにあたしが余計なことしたらいつも怒るじゃん！　ぷー！」

ジュノーの持つ俺のインベントリの劣化版みたいな能力であるストレージは、てっきりダンジョン内でしか使えないとばかり思っていたのだが、どうやらそうではないようだった。

そういえば、再会した時も大量の鉱石を手土産にして引っ越してきたわけなんだから、ダンジョン外で使えたとしてもおかしくはない。

「まあ、そう膨れるなよ。とりあえず今回はよろしく頼む」

「なんか謝罪の感じが軽いし」

「なら土下座すればいいのか？　するぞ？　ほらするぞ？」

俺にとって土下座なんてそんなに大したもんじゃないからな。

「そういうこと言ってないし！　この屁理屈マン！　理由付けマン！　駄々捏《こ》ねマン！　とりあえず今日のパンケーキの量は十倍で！」

「はいはい」

作るのはポチだからな、とポチを横目で見るとため息を吐いていた。

いつもご苦労様です。

『悠長に喋ってる暇はないぞ、アンデッドが迫っている』

「おっとそうだな、頼むよジュノー」

「うん！　えへへ、やっとジュノーちゃんの本領発揮だし！　おりゃーっ！」

階段の正面に浮かんだジュノーの手に、浄水だけで構成された立方体が出現する。

すぐに、――ドバッ！

空中で形を保てなくなった立方体は、大波となって祭壇を流れた。

「あっぉ――」

「ぇあっ――」

まるで滝だ。

今までの状況とは打って変わって、水洗トイレのごとくアンデッドを押し流した。

「わーっ！　すっごぉーい！　もっかいやるし？　ねえ、もっかいやるし？」

そんな様子を見ながら楽しそうにケラケラと笑うジュノーである。

「それ、あと何回できるの？」

「んー、池の浄水を使ってるから……あと50回くらい？」

さすがに枯渇するまで使うのは勘弁だから、半分以上は残しておくことにしよう。

「なら、3分の1使ってくれ」

「わかったし！　3分の1ね？　えっと……50を3で、えっと……えー？」

「……わかった、10回だ。10回」

「うん！」

満面の笑みで頷いたジュノーは、それから12回ほど浄水をぶちまけた。

アンデッドたちは動かなくなったのだが、相変わらずドロップアイテムは落ちていない。

やはり、操り主である小賢を倒さなければ決着はつかないようだった。

それにしても、ジュノーには算数を教えた方がよいのかもしれない。

「はー、なんかスッキリした」

「お勤めご苦労様でした」

大満足したジュノーに、労いの言葉をかけてやる。

こいつがいると、シリアスな雰囲気が一転してコミカルに切り替わるよな。

ナイスだ、シリアスブレイカー。

辛気臭い展開になったら、こいつに一任するのが割とベストなのかもしれない。


『気を抜くな……今までのは前座だ……』

コミカルな雰囲気は、苔っちの言葉で再びシリアスに戻された。

『貴様たちが相手にしているのは、ゴブリンの楽園を築いた王とも言える存在だ』

「……わかってるよ」

雑多な魔物と人間のアンデッドが多く、ゴブリンのアンデッドは少な目だった。

ゴブリンネクロマンサーならば、ゴブリンを多く付き従えてもいいはずなのに。

それに最初にあいつと戦った時は、アンデッドよりも普通のゴブリンの方が多かった。

チロルの回復能力やポーション、浄水を用いた俺の作戦は、アンデッドのみを相手にする分には
まさに無双とも言える作戦なのだが、一つ落とし穴がある。

アンデッドではない生きた魔物に対しては、無用な泥仕合を招いてしまうのだ。

『来たぞ』

祭壇の上から正面の入り口に目を向けると、大小様々なゴブリンの目が光っている。

ゴブリンの軍勢は鎧を纏い、武器を携え隊列を組んでいた。

「アォン」

「トウジ、ポチが生きた魔物の匂いがするってさ」

「了解」

相手の出《い》で立《た》ちからして、バッチリ対策をとってきたのが窺える。

どこで調達してきたのか、顔まで隠した全身鎧を着込まれると、いったいどいつがアンデッドなのか、そうじゃないのかわからなかった。

アンデッドを弱体化させているとはいえ、油断すると足を掬《すく》われかねない。

「イグニール、危なくなったら装備にあるスキルを発動してね」

「……ええ、わかってるわよ」

今まで一切見せてこなかった俺のクイックとイグニールのブレスは、第二幕の要である。

対策を講じられようとも、それを上回る作戦であれば、自《おの》ずと勝ちを拾えるはずだ。

「っていうか、むしろパブリックスキルのブレスはグループ全体に効果があるから、危なくなってからじゃなくても、切らすことなく常にかけ続けてほしい」

「わかってるってば！」

……なんでそんなに怒鳴るの。

スキルがあるのは彼女の下着だから、下着の柄がバレてしまうような情報は、あまり連呼しないでほしいってことなのか。

それは失礼した。

「よし、みんな」

後ろを向いて頷くと、みんなが頷き返してくれた。

ゴブリンは弱い魔物だと認識されがちだが、大きな集団になったり、上位種のゴブリンが統率を取り始めた途端に厄介な魔物として見られるようになる。

統率する存在によって、さらにピンからキリにまで討伐難易度が分けられるのだけど、今回は間違いなく最上位だ。

さらに最上位の中でも、アンデッドとして蘇ってくるので一番厄介な部類に入る。

「気を引き締めていこう」

この生と死の軍勢をどうにかすれば、あとは小賢との戦いだけだと思うんだ。

「ギャギャギャ！」

ローブに身を包んだゴブリンシャーマンの声に合わせて、第二回戦が始まる。

先兵として棍棒を携えた普通のゴブリンが前進。

その後ろには、それぞれ弓槍剣など得意分野に分かれたゴブリンが控えていた。

「クイック！」

「ブレス！」

俺とイグニールのスキルがグループ全体に施される。

全ステータス上昇、スピードアップ。

向かってくるゴブリンの兵隊たちを前線に出た俺とゴレオで一気に蹴散らした。

圧倒的多数の敵、そして俺の戦闘技術の未熟さによってダメージを何度か受けてしまうのだが、ＶＩＴを多めに強化した装備とダメージを半分カバーしてくれるゴレオの能力によって、ゴブリンによる攻撃で減少するＨＰの数値は全て1。

十秒たてば、チロルの効果で10回復して振り出しに戻る。

これはいけるぞ。

受けるダメージより回復する量の方が多いから、気力が持つ限り戦い続けることが可能だ。

チロルは諸刃の剣になりかねないかと思ったが、先に生きたゴブリンを殺してアンデッドにしてしまえば、あとはこちらが有利に事を運べる。

「アォン！」

「トウジ！　ポチがゴブリンキングが複数で近づいてきてるって言ってるし！」

「わかった！」

祭壇の上から俺たちに援護射撃を送るポチが、ジュノーを通して伝えてくれた。

生半可な攻撃じゃ太刀打ちできないと理解したのか、上位種ゴブリンの出陣は俺が想定していたよりも早かった。

「ゴレオ！　スイッチ！」

「……！」

掛け声と同時に立ち位置を反転させ、ゴレオが真っ正面から叩き潰したゴブリンキングの死体を速攻で回収する。

上位種だけはアンデッドにするとしぶと過ぎて面倒臭いから、殺した後で起き上がる前にさっさと回収してしまうのだ。

今までダンジョン相手に培ってきたリソース回収戦法が活きている。

「またスイッチ！」

「……！」

色々と忙しいが、今は頑張って耐えてくれ。

大槌をドゴンドゴンと振り回すゴレオの合間を縫い、俺も盾でぶん殴って援護したり、ゴレオにポーションを投げ、俺の分まで負ってしまったダメージを回復させる。

回収をミスったゴブリンキングの死体に関しては、ゴレオがとんでもない速さで四肢を叩き潰しミンチにしていた。

アンデッドは死なないだけで、再生するなんてことはないから、体を体とは言えない状態にしてしまえば、ひとまずどうにかなるのである。

「うわっ、盾に飛沫が……そ、装備にも……」

戦闘中は仕方がない、前線で戦っているのだし。

今すぐ体を洗い流したいのだが、と思ったところで気がつく。

実際に洗うか。

「ジュノー！」

「なんだしー！」

「もう一回、浄水をぶちまけてくれー！」

「えっ、いいのぉ!!」

随分と嬉しそうだな。

「いいよ、思いっきりやってくれ！」

「わーい！」

ものすごく軽いノリで手持ち無沙汰だったジュノーが浄水をぶちまける。

汚物は消毒ならぬ、洗浄だ。

大量の屍で動き辛さもすごいし、これはわりと名案である。

「ゴレオ！」

「……！」

上から押し寄せてくる水流は、ゴレオに飛び乗ることで耐えた。

あ、ちょっと待てゴレオ、なんでお姫様抱っこするの。

普通に抱えてくれればいいのに、恥ずかしい。

「ぷくく、トウジお姫様抱っこされてるのウケるし」

「うるせー！」

ニヤニヤと含み笑いするジュノーを放置して、ゴレオの肩に乗って周りを見る。

未だに小賢の姿が見えないのだが、奴はいったい何をしているのだろうか。

どこかで俺たちの思わぬ反撃を前に、ぐぬぬってなってるのかな？

「――小賢シイ、奴ラメ」

そう思っていたらようやく姿を現した。

アンデッドドラゴンに乗り、漆黒のローブに身を包んだ隻眼のゴブリン。

元小賢で、現ゴブリンネクロマンサーのウィンスト。

第四章　元小賢との死闘

「ようやくお出ましか」

「小賢シイ、小賢シイゾ……」

何が小賢しいだ、ブーメランだぞそれ。

被害者をアンデッドにして大量に送り込んできたくせに。

恨みや憎しみが詰まった真っ赤な目で俺を睨む小賢に告げておく。

「とりあえず言っておくが、俺は勇者と関係ないからな？」

あの時の訂正だ。

今一度しっかり自分の立場を告げておくのは、何よりも優先すべきことである。

「知ラン、貴様ガ勇者カドウカナンゾ、モハヤ興味ハナイ。コノ場ニオイテ、私ノ邪魔ヲスル限リ、貴様ハ私ノ敵デシカナイ」

まっ、ですよね。

そんなことを言い返されるのはわかりきっていた。

そんな言葉を交わしていると、祭壇の上にいる苔っちが口を開いた。

『友よ、親友よ。今一度問いかけるぞ』

「……」

ギロリ、と小賢の視線が苔っちに向く。

『禁忌に溺れるとは何事だ。自分の在り方を思い出し、今すぐ正気を取り戻せ』

「……知ラン、誰ダ、記憶ニナイ」

『ウィンスト！　私の親友！　聞こえているだろう！』

冷たい言葉を返されるが、それでも苔っちは挫けずに話す。

『思い出せ！　今ならまだ引き返せる！』

これが最後のチャンスになると気付いていているんだ。

もう戦いは始まっていて、勝っても負けてもどちらかがこの世から退場するからだ。

『小さな賢者と呼ばれた傑物のお前が、どうして……どうしてだ――』

そんな叫び声の中、俺はポチに指で合図を送った。

『――ッ⁉』

祭壇からバシュバシュバシュと射出音が響いて、小賢の乗るアンデッドドラゴンの翼に無数の穴が開く。

「ギャォオオオオオオ⁉」

突然の攻撃に、狼狽るアンデッドドラゴンとバランスを崩して落下する小賢。

ポチは落ちる小賢に向けてクロスボウの引き金を引く。

「チッ」

舌打ちをして、風を纏い矢を回避する小賢。

俺はクイックを使用し、ゴレオと一緒にすぐさま落下地点へと走った。

「すまんな苔っち。でも、確実に勝つためだ」

『いや、わかっている……』

苔っちは、俺の急な行動を悟ると悲しそうな声でそう呟いた。

戦場で、物語のように言葉を交わしながら攻撃の応酬なんてしちゃいられない。

俺がやるべきことはただ一つ、目の前にいる小賢を打ち倒すことだけなのだ。

こいつをここで取り逃がしてしまうと、今度も人に害を為す。

幻覚で見てしまったように、俺の大切な人にまでその魔の手が及ぶ可能性があるのだ。

だったら、卑怯な手を使ってでも確実に仕留めなければいけない。

「イグニール！」

「了解！　豪炎火球！」

後ろからイグニールの巨大な火の玉が、着地した小賢に向かっていく。

俺はそれを背にしながら一気に突っ込んだ。

相手の隙をついたポチのクロスボウを起点とした同時攻撃を小賢はどう防ぐ。

「捨身カ？　クソ共メ……水ヨ」

たとえ俺を無力化したとしても、すぐに迫り来る火球の対処は面倒だと認識した小賢は、先にそっちの方をなんとかすべく水を生み出した。

「相殺シテヤル、貴様ハソレカラダ」

俺の顔面すれすれを水弾が突き抜けていき、火球と衝突。

「ばーか、それだけじゃ防げねぇよ」

ボォン!!

コンマ数秒後、後方でものすごい爆発が巻き起こった。

「――ッ⁉」

今の今までイグニールの魔法を使わなかったのは、これが狙いである。

彼女の火球は、着弾と共に爆発するのだ。

目を見開いて驚く小賢に向かって、俺は爆風の力を借りて一気に肉薄。

右手に握りしめていた片手剣を小賢の細い体に突き立てた。

「ウグッ」

ズブズブと、刃物が体を貫いていく感触が手を伝う。

だが、小賢は死ななかった。

くそ、今までの敵は全て一撃で片付いてきたってのに、本当にしぶとい野郎である。

だが策はまだあった。

「ゴレオ！　俺ごと！」

「……！」

俺の後ろにはメイドゴレオ形態になったゴレオが大槌を振りかぶっていた。

合図に合わせて、横なぎに大槌を振るう。

「ぐぅっ……！」

とんでもない衝撃が脇腹を襲いぶっ飛ばされて、ゴロゴロと床を転がった。

ＨＰを確認すると、見事に1だけ残されている。

さすがは、俺の作った高レベル装備を所持したゴレオの一撃だ。

半減効果があったとしても90レベルの俺のＨＰが全損している。

「トウジ大丈夫だし!?」

「大丈夫!?」

「アォン！」

心配した声が響いてくるので、なんとか立ち上がって秘薬を〝使用〟した。

次に、俺のダメージを肩代わりしてボロボロになったゴレオも回復しておく。

「大丈夫、平気」

今の今まで、適当な雰囲気で布石に布石を重ね、その上での猛攻。

ラスト一撃は、俺のＨＰすら全損してしまうほどの威力を持っていた。

確かな手応えを感じながら、地に伏した小賢をじっと見据えるが、倒した証であるドロップアイテムがない。

「……まだ生きてんのか」

本当に不死身なのかと疑いながら、浄水の瓶を片手にゴレオと一緒に近寄る。

まあいい、刃物は通るんだ。

死なかったとしても、このまま動けなくなるまで叩き潰して封印しよう。

「ゴレオ、終わらせるぞ」

「……！」

もうこれで終わりだぞ、小賢。

もし本当に不死身だとすれば、勇者に殺された仲間たちの元に行けないのが不便だな。

しかし、自業自得だ。

恨みや憎しみを抱えて生きたとしても、何一つ良いことはない。

「――忌々シイ、アァ……忌々シイ……」

突如、倒れた小賢の首だけが俺の方を向き、そう言った。

この世の憎しみ全てを抱えたような真っ赤な瞳が俺を射抜き、一瞬狼狽る。

「……コノ世ノ全テガ憎イ……何故ダ……何故、我ガ同胞ガ……」

俺のことを憎んでいるのかと思ったが、どうやらそうではないようだ。

虚ろな瞳はどこか別の方角を向いており、小賢は一人で呟いている。

憎いか、勇者が。

苔っちから聞いていた小賢は、山脈に棲む賢く気高い楽園の主。

冒険者や小賢の名を知る人からも一目置かれるような存在だった。

そんな奴が、何故、こんなにどす黒い感情を宿して復讐のために生きているのか。

見ちゃおれん……勇者め、いったいこいつに何をしたってんだ……。

『もういい、終わりにしてくれ。頼む、憎悪《ぞうお》に取り憑かれた友を解放してくれ……』

「わかってるよ」

苔っちの悲痛な声を聞いて、ブツブツと恨み言を呟く小賢に近づいた。

俺がケリをつけよう。

「小賢……勇者への恨みは、俺が全部引き継いでやる」

だから、もうゆっくり休むんだ。

不死身で死ねないかもしれないが、お前の亡骸はここに安置してやる。

苔っちも、多分それを望むだろうから。

そう思いながら、俺は小賢の首に片手剣を振り下ろそうとした、その時だった。


「――ギャォォォオオオオオオオオオオオオ!!」


突如、ドラゴンの雄叫びが響き渡った。

「な、なんだ……？　ドラゴンはどこだ……？」

ポチが射抜いて沈めたアンデッドドラゴンの姿を探すが、どこにもない。

呆気にとられていると、目の前に伏せる小賢が言った。

「手ノ内ヲ隠シテイタノハ、貴様ダケデハナイ」

「……何」

睨み付けると、小賢は嘲笑ったように言い放つ。

「チビガ、矢ヲ受ケタ程度デ、ヤラレルワケガナイダロ？」

「ちっ、ブラフか！」

どうやらアンデッドドラゴンに偽装させた、アンデッドワイバーンとのこと。

ちくしょう、やけにあっさり片付いたとは思っていた。

小賢に全力で攻撃を仕掛けるために、完全に頭から漏れていた。

「龍脈ヘノ抜ケ道ガ存在スルコトハ知ッテイル」

「……抜け道？」

首を傾げていると、苔っちが言う。

『外界から龍脈に直通する通路のことだ。万が一のことを考えて、私はシャーロットをそこから逃がすつもりでいた』

「先に言えよ……」

かなり大事な通路じゃん。

『しかし誰も知らないはずだ。ウィンストが私のことすら覚えていないのならば、あの通路を知っているのは私とシャーロットと……ッ』

苔っちは何かに気付いたように、声を震わせる。

『まさか、ウィンスト……私のことを覚えて……』

「覚エテイルサ、旧知ノゴーレムエンシャント」

『ウィンスト！　何故だ！　答えろ！　自我があるのか！』

「……答エル必要ハナイ」

「お喋りは終わりだ！」

この間にも、龍脈の存在する地下からとんでもない地響きが伝わってくる。

どこをどう捉えてもヤバイ状況なので、一気に小賢の首を切断した。

『ウィンスト！　ぁあっ……！』

「嘆いてる場合じゃないぞ、苔っち！」

これはどういう状況なんだ。

まさかとは言わんが、祭壇の地下に存在するガイアドラゴンの魂をアンデッドドラゴンが取り込んでしまったとでも言うのだろうか。

断崖凍土の時みたいに、眠っていたものが目覚めるのは嫌な予感がしてならない。

「厄介な置き土産を残してくれたもんだな……小賢……！」

「——ソレデ殺シタツモリカ？」

切り落とされた首だけがゴロンと転がり、俺を睨み付ける。

ドロップアイテムがない時点で、察してはいたよ。

「なら、どうやったら死ぬのか教えてくれよ」

「少シハ、頭ヲ使エ……来イ、チビ」

今までの意趣返しが如く、小賢は嘲笑いながら立ち上がりドラゴンを呼んだ。

ドッと今まで以上に地面が揺れて、隆起する。

「――ギャォォォオオオオオオオオオオオオオ!!」

強烈な咆哮と共に、地面を突き破って巨大なドラゴンが姿を現した。

当然ながら、龍脈の真上に存在していた祭壇は音を立てて崩壊する。

「ポチ！　ジュノー！　イグニール！　チロル！」

崩壊の巻き添えを受け、瓦礫の中に落ちていくポチたち。

「グリフィー！　クイック！　あいつらを頼む！」

チロルからグリフィーに交代して、崩壊する祭壇の合間を縫って助けに向かわせた。

身内を助けることはできたのだが、苔っちとシャーロットが生き埋めになる。

『心配するな、私たちはゴーレムだから無事だ』

「よかった！」

早く助け出してやりたいが、その前にやることが一つあった。

「魂ヲ得タカ、チビ」

「ギャオッ！」

自分の頭部を拾い上げて、再びアンデッドドラゴンに乗った小賢の相手である。

騙し合いで後手に回る羽目になるとは、してやられた。

「それにしても、本当にアンデッドドラゴンなのか……？」

チビと呼ばれている時点で、偽物じゃないのは確かである。

だが、目の前にいるアンデッドドラゴンは、以前よりも大きく、朽ちて骨まで露出していた姿とは大きく違っていた。

艶めく竜鱗がエメラルドグリーンの輝きを放つその姿は、まさしく生きたドラゴン。

『ガイア……ガイアドラゴンにそっくりだ……』

苔っちの声が響く。

「えっ、マジで」

『知識の中ではもっと大きいはずなのだが、感覚が告げている。目の前の竜から今まで私たちが寄り添ってきたガイアの力を感じるのだ。信じられない、ネクロマンサーが竜種の魂をも支配できるとは思えない……いったいどういうことだ、ウィンスト！』

「答エル必要ハナイ……チビ」

「ギャオッ！」

切断された頭と胴体を無理やりくっつけた小賢の呼び声に合わせて、チビと呼ばれる竜が咆哮をあげると、再び地響きが巻き起こった。

巨大な洞窟にピシピシと亀裂が走っていく。

「生キ埋メダ」

それはさせない。

みんながグリフィーから瓦礫のない場所に移動したのを確認して、すぐに切り札であるキングさんをグリフィーと交代で召喚した。

「――プルァァァァァアアアアアア！」

キングさんも止めなければならない相手を理解しているのか、俺が状況を報告する前に跳躍してドラゴンに攻撃を仕掛ける。

ボシュボシュボシュボシュ！

連続の水弾が小賢とドラゴンを襲う。

「ツイニ出タカ、相手ハ私ダ」

しかし、小賢の手元から黒い炎が出現し相殺した。

「プルァ！」

「以前ノヨウニハ、行カナイ」

小賢は、ドラゴンを羽ばたかせて高度を上げる。

そのまま天井にぶつかって自滅して仕舞えばいいのに、先ほどの咆哮で大きな亀裂ができており、地下渓谷のような形になっていた。

「プルゥッ！」

さすがのキングさんも届かないので一度追撃を断念する。

水弾の無駄撃ちは意味がないと悟ったようだ。

地震で機動力を確保したり、キングさん相手に接近戦を避け距離を取って消耗戦を仕掛けたりと、小賢の戦い方には付け入る隙がない。

「ジュノー！　ダンジョンにある浄水を少しだけ残してありったけ頼む！」

「う、うん！　でも、良いの？」

「いいよ！　全員でキングさんの援護だ！　ポチも一旦ワシタカくんと交代！」

これはもう総力戦だ。

小賢相手に、出し惜しみをするのは愚の骨頂である。

「ギュアッ！」

「プルァッ！」

ワシタカくんにキングさんが飛び乗って、地下深くでまさかの空中バトルが始まった。

ドラゴンに乗ったゴブリンと、ロック鳥に乗ったスライムの大決戦。

……どこからどうやって援護すればいいのか、もうわかんない。

「トウジ！　浄水出せるけど、どこに出したら良いし！」

「とにかく大量にばら撒いて水たまりを作っとけばいいと思うよ！」

キングさんなら臨機応変に使ってくれるはずだ、多分。

「サセルト思ウカ？」

「ギャオッ！」

小賢とドラゴンは、キングさんとワシタカくんを牽制して飛びつつ、ジュノーとイグニールの頭上に巨大な岩を生成した。

「まずい！」

重力に従って巨大な岩が彼女たちへと迫る中、クイックを使ってゴレオと走った。

「プルァッ……！」

「ギュァッ……！」

「オ前ラノ相手ハ私ダロ？」

キングさんとワシタカくんが岩を破壊しようと試みるが、小賢に邪魔される。

くそ、マジでヤバイ！

間に合え、間に合え、間に合え！

「イグニール！　ジュノー！」

即死急の攻撃は、不屈の指輪で耐え切れる。

しかし、生き埋めになってしまえば指輪の効果が切れた時点で終わりだ。

何か手はないか、と心の中で考えるが、焦ってしまい思い浮かばない。

ゴレオに投げてもらったとしても、巨大な岩を俺が壊せるとも思わない。

「くっそおおおお！」

かなり必死な顔をしていたのか、叫ぶ俺を見たイグニールは笑っていた。

「大丈夫よ。自分の身は自分で守れる」

彼女はそう告げると、落ちてくる岩に向かって杖を掲げた。

そして叫ぶ。

「――顕現しなさい、イフリータ！」

「ォォォォォオオオオオオオオオオオオオ!!」

杖の先に展開される魔法陣から、火の大精霊が召喚された。

イフリータは、落ちてくる岩に向かって特大の火球を放つ。

「おお……っ！」

生み出された火球は、岩と衝突し、押し返し、爆発した。

木っ端微塵になった岩石の破片が降り注ぐ中で、イグニールは言う。

「一分が限界だけど、イフリータも攻撃に参加させる！」

岩を蹴散らしたイフリータは、彼女の声に合わせて上空にスッと飛び上がると、小賢を見据えて口から豪炎を吐き出した。

「火ノ大精霊……面倒ダナ、チビ」

「ギャオッ！」

小賢もドラゴンに炎を吐き出させて対抗しようとするが、大精霊の方が一枚上手。

ドラゴンの炎を体に取り込み、増幅して相手に返していた。

「クッ……厳シイカ……！」

「プルァッ！」

その隙をついたキングさんが炎の中を接近し、ドラゴンに体当たりを仕掛ける。

上でとんでもない戦いが巻き起こる最中、俺はゴレオと一緒に埋もれた苔っちとシャーロットを救出に向かった。

「無事か、二人とも！」

『無事だ。だが私たちの安否よりも先に決着をつけるべきだろう』

ゴレオに抱えられた苔っちは言う。

『埋もれている間にシャーロットが確認したのだが、祭壇の地下に安置されていた魂がなくなっていた。ウィンストの操る竜は、本当にガイアドラゴンの魂を取り込んでいる。どうしようもなくなる前に、決着をつけるか逃げるか、その判断をするべきだ』

「マジか……でも、大丈夫だよ」

戦っているのはキングさんとワシタカくんの最強コンビだ。

それに火の大精霊イフリータも俺たちの味方である。

『貴様はガイアドラゴンの強大さを知らない。人間が竜の爪痕と呼ぶ渓谷。あれは言葉のあやでもなんでもない事実だ。今はまだ不安定で本来の力を発揮できていないが、やがて魂が体に定着した時……恐ろしいことになる』

山一つ消し飛んでもおかしくない、と苔っちは言った。

なるほど、つまり付け入る隙は今しかないってことか。

「キングさん！　時間がたてば強くなるから、叩くなら早くだってさ！」

「プルァッ！　プルゥ！」

「はい！　すんません！」

上空に向かって叫ぶと、すごい剣幕で怒鳴られた。

そんなの戦ってるこっちがよく理解している、と叫んでそうである。

「トウジトウジ！　結局あたし浄水出せてないし！」

「ああ、確かに」

「どうするし！　どうしたらいいし！」

上空の戦闘を見ながら、ジュノーの言葉に返す。

「……キングさんのタイミング次第かな、それでいい感じにやって」

「それがわかんないし！　何いい感じって無責任！　責任逃れっ！」

うっぜー……。

「とりあえず俺の手前に浄水出せる？」

「え、なんでだし？」

「ジュノーのストレージに入るなら、俺のインベントリにも入るだろ」

基本的には、容器に入れられた液体しか保管はできない。

だがジュノーが出した立方体ならばいけるのではないか、と思った。

「い、いいの？　ってかさらっとあたしのこと馬鹿にしてないし？」

「してないしてない」

仮に失敗したとしても、この場が水浸しになるのは特に問題じゃない。

空気中の水分からもキングさんは水分を補給できるからね。

そうしてジュノーが出した浄水が形を崩す前にインベントリに回収してみた。

「おおっ！　できたし！」

「本当にできちゃったし」

インベントリを確認すると、浄水がリットル単位でストックされている。

これは革新的だ、と地味に感心していると。

ズドォォオオオオオ！

「うおおおっ!?」

上からワシタカくんとドラゴンが揉み合いながら落下してきた。

「ギャァオッ！」

「ギュァアッ！」

巨大な魔物が翼をこれでもかと広げながら、噛みつき押さえ込み、しのぎを削る。

長い尻尾の分、ドラゴンの方がやや優勢にも思えるが、体格はワシタカくんが優っていた。

「トウジ！　イフリータがもう時間切れみたい！」

制限時間を迎えたイフリータが、イグニールの報告に合わせてスッと消える。

攻めあぐねていたキングさんに突破口を開いたんだから、十分過ぎる活躍だ。

「――プルァァァアアアアア！」

「――チッ、化ケ物カ……」

次に、キングさんと小賢が降ってくる。

ドラゴンから落とされ機動力を失った小賢は、キングさんの近接攻撃を辛うじて避けることしかできていなかった。

これは勝てる、勝てるぞ。

しかし、小賢を殺すビジョンが今いち思い浮かばない。

刺しても、即死急の一撃を加えても、首を切り落としても奴はまだ生きている。

いや、生きているのか、すでに死んでいるのか。

それすらもわからない状況だった。

「イグニール、不死身ってどうやって倒せばいいんだ……？」

「……わからない」

俺の疑問に彼女は首を横に振る。

「ネクロマンサーは死者を操るけど、自身が死んでるわけじゃないから」

ネクロマンサーはあくまで操り主で、生身だ。

対ネクロマンサーの秘訣は、アンデッドよりも先にネクロマンサーを潰すこと。

冒険者の常識が全てひっくり返っており、歴が長いイグニールもお手上げだ。

「ヤハリ、唯ノスライムキングデハナイカ」

「プルァ？　プルァッ！」

「グッ――」

小賢の言葉に「そうだが何か？」と言わんばかりのキングさんの一撃。

まともに受けた小賢は、硬い岩肌を凹ませるほどの勢いでぶっ飛んだ。

「いいぞ～！　キングっちやれ～！」

「プルァッ！」

「えっ、うるさいって？　ご、ごごごめんだし！　ワシタカっちも頑張れー！」

「ギュアッ！」

「えっ、小生ちょっと首に巻きついた尻尾が辛い？　トウジ！　早く加勢してあげて！」

「お、おう……」

この状況でもパンケーキ師匠は平常運転である。

早く加勢してあげてってせがまれても、巨大な魔物同士が取っ組み合いをしている中で、俺に何ができるのだろうか。

ゴレオからゴクソツに切り替えて、とりあえず攻撃を受けてみるか？

いや、20％の壁を乗り越えられなかったら、俺に待っているのは犬死だ。

それにゴレオを戻したら被ダメが増えてもっと辛い状況になる。

むしろゴレオに蓄積していくダメージの方がヤバいから、ケアするならゴレオだ。

「ギャオオオオオオ！」

「ギュアッ！」

「トウジ！　ワシタカっちが、ドラゴンが少しずつ大きくなってるってさ！」

このままだと抑え切れるかわからないらしい。

「うーん……」

温存している巨人の秘薬を使った方がよいのだろうか。

いや、もう少し待った方がいい。

小賢は、今まで戦ってきたどの敵よりも頭が回るから、ここぞって時を見極めるんだ。

キングさんが、切り札として常に所持してもらっている巨人の秘薬を使わないのが証拠。

奴はまだ何か奥の手を隠し持っていると直感しているから、キングさんは使っていないのだ。

「トウジー！　ワシタカくんがやられちゃうしー！」

「ゴレオの方も結構限界だな……よし、水島来い」

一度ゴレオを戻し水島を召喚すると、俺は各種秘薬を大量に手渡した。

「……キュウ？」

回復にステータスアップにと、色々な恩恵を受けられる秘薬を両手に抱えて「なんですか、これ？」と言わんばかりに首を傾げる水島だが、とりあえず顎《あご》で命令する。

「ワシタカくんにお届けだ。頼むぞ」

「!?」

「頼むぞ」

「………………………ュ」

渋々頷いた水島は、腋についた皮膜をパタパタと揺らしながらワシタカくんの元へ助っ人として駆け出していった。

「トウジ、さすがにそれは……酷じゃないかしら……」

「ひどいし……水島可哀想だし……」

「死にそうになったら戻すから大丈夫だよ」

とりあえず、ワシタカくんにはこれでもう少し粘ってもらおう。

そして水島よ、これは重大な役目であり、誇りだ。

ワシタカくんの、いやみんなの命運がかかった状況で、きっとサモニング図鑑の中ではみんなが英雄扱いしてくれると、俺は信じている。

「これでゴレオのダメージカット効果もなくなったから、俺たちも水島みたいにキングさんの加勢にいくぞ！　全員で！　勝ちをもぎ取るぞ！」

どうすれば良いのかわからない状況は未だに続いているのだが、とにかくそれは戦いながら考えるしかないと結論付け、俺は飛び出した。

「――勝チ誇ルナ、未ダ終ワランゾ……　〝集エ死霊、再ビ黄泉還《ヨミ》レ〟」

加勢されるのを嫌がったのか、立ち上がった小賢が何か呟く。

すると、俺たちが浄水で流したアンデッドの肉塊が蠢き出し、寄り集まって大きさ十メートルを優に超す巨大な生物になろうとしていた。

「う、うおおお……」

一言で表すなら、悍《おぞま》しい。

「――オオオオ」

肉片の集大成とも言えるほどの生物は無数の顔や腕で構成されており、身体中から怨念を具現化したような黒い霧を吐き出しながら、どんどん巨大化していく。

「魂ハ、全テ、我ガ手ニ」

生みの親である小賢がそう呟くと、蠢いていた肉片が独りでに動き出して小賢の元へ。

キングさんの攻撃でバキバキにへし折られていた腕や足が元どおりになった。

不死身のくせに、死体から回復することもできるのか。

恐らく、四肢を破壊されて動けなくされる状況を嫌ったのだろう。

「フハハ、コノ大キサ、ソノ辺ノ死霊術師ト比ベテクレルナヨ」

「プルァ」

「元ガ小賢ナラバ、不思議デハナイ、カ……」

「プルゥァ」

「仕留メ損ナッタ、ダト……？　其レハ、私ノセリフダ」

「プルゥァアア！」

「――行ケ禁忌ノ魔物」

やってみろと言わんばかりのキングさんに、小賢は巨大な魔物を嗾《けしか》けた。

やれやれ、大きさじゃ勝てないからって肉片をかき集めたところで意味はない。

俺は巨大な魔物と相対するキングさんに駆け寄った。

「キングさん！　浄水！」

「プルァッ！」

「困ッタ時ノ浄水カ？　コノアンデッドニ、小細工ハ通用シナイゾ」

「オォオォオォ！」

巨大な魔物は自らの体を歪めて巨大な拳を作ると、キングさんに振り下ろす。

どうやら、浄水で弱体化を食う前に叩こうとしているようだ。

「バーカ」

違う、この浄水は弱体化用ではなく、キングさんの強化用だ。

「プルァァアアアアアアアアア！」

ありったけの浄水を受け取ったキングさんが巨大化する。

巨大な魔物を超えて、さらにさらに巨大化していく。

「大きさで俺たちに勝とうと思うこと自体が、愚の骨頂だ！」

「……チッ、アノ時ハソウヤッテ巨大化シテイタノカ」

小賢が舌打ちする中で、水で巨大な拳を作ったキングさんは、もう巨大と言い切れない魔物を正面から殴り飛ばした。

「プルァッ！　プルゥアッ！」

ズドン！　ズドンッ！

「オォオォオォオォオォオォ！」

ズドォン！

巨大スライムと巨大生物の真っ向勝負はとんでもない迫力である。

やっぱり大きさって大正義だな、シンプルに強い。

「神話の世界に来た気分ね……」

「そうだね」

イグニールの呟きに相槌を打ちつつ、キングさんの隣を駆け抜けて小賢を目指す。

小賢をフリーにしておくのは厄介だ。

キングさんとの戦いで、かなり消耗しているようだったので叩いておく。

「それでトウジ、不死身をどうやって倒すのか思いついたの？」

「……いや、まだ」

「ええっ、ならどうするんだし！　あたしも流れで付いて来ちゃったし！」

「落ち着けよジュノー、やれることはまだあるだろ？」

「えっ、あるし？」

「あるよ。だから黙って見てろ！」

それだけ言って、俺は一歩前に踏み出した。

もう手札を出し切った状態にも思えるが、実は一つだけ妙案といえる策を用意している。

それは——説得だ。

「ウィンストォッ！」

名前を呼びながら、杖を構えた小賢に肉薄し切り結び、一つ尋ねる。

「苔っちは、お前の親友だろ？」

「違ウ、私ノ味方ハ、チビダケダ」

「そっか、チビとはどこで出会ったんだ？」

「黙レ、答エル必要ハナイ」

「つれないことを言うなよ、同じ勇者を恨む仲間だろ？」

まあ、俺は恨むというか、うんざりするって表現した方が正しいけど。

小賢の攻撃をなんとか受けながら、俺は対話を試みる。

「貴様ニハ、理解出来マイ……同胞ヲ失ッタ、私ノ悲シミ……」

安く語るな、と憎悪に染まった瞳は告げていた。

俺の言葉が気に障ったのか、小賢は続ける。

「モウ止マラナイ。私ガ朽チルカ、他ガ消エルカ……殺ス、殺ス、モハヤ勇者モ、関係ノナイ人々モ何モカモ……憎イ、憎イ、ニクイ、ニクイニクイニクイ――憎イノダ！」

この世のものとは思えないほどの表情で俺を睨みつける小賢は、全てを拒絶するように見えない風の壁を展開して距離を取った。

「邪魔ヲ、スルナ！」

激しい怒りに身を任せて、水、風、火、土と、様々な属性の魔法を打ち出す。

「うぐはっ」

まるで小さな嵐が目の前に現れて、俺は吹き飛ばされて転がされた。

だが、まだだ……まだ、食らいつく。

「うぐ、はあ……はあ……復讐した後はどうするんだ」

「……ヨウヤク、同胞ノ元へ戻レルノダ」

「本当か？　嘘だろ、どう考えても」

初手であれだけやったのに、こいつはまだ死んでいない。

多少ダメージを受けて辛そうにしているが、本当に死ぬことはないのだ。

「不死身のお前が勇者に殺された同胞に会えるわけないだろ」

結局、復讐が始まった瞬間から、終わりのない不毛な何かが始まってんだ。

その何かは知らんし、知ろうとも思わないけどな！

「……サッキカラ、何ナンダ？　コノ状況デ私ニ説教デモシテイルノカ？」

「うん」

あっさりと答えておく。

俺が今やっていることは、戦いながら適当な会話を繰り広げると言う茶番だ。

ただの説教、いや説得だ。

「……貴様、馬鹿ニシテイルノカ？」

「してねぇよ」

断じて馬鹿になんてしていない。

「死なない相手をどう倒せば良いのか思いつかないから、色々会話を試みてそこから解決の糸口を探ろうとしてんだよ。極めて正当な行為だ」

「馬鹿ゲタ真似ヲ」

「馬鹿でもなんでも結構！　つーか、ここまで会話に付き合ってくれるなんて、お前案外良い奴なのかもな？」

「ソウカ、死ネ」

「無理。死ねと言われて死ぬわけがないでしょうが！」

間髪入れずに即死急の魔法が飛んできた。

俺じゃなかったら死んでるね。

いやHPが1になったあたり、一回死んでる判定をしてもいいかもしれない。

「妥協案を求む。殺し方を教えてくれれば俺が責任持って殺すから」

そうすれば、行きたがってる同胞の元にも連れてってやれる。

「……貴様ト話シテイテモ、埒ガ明カナイ」

「それ、交渉決裂ってこと？」

「交渉デスラナイ」

「そっか」

ここまで言っても説得に応じないのであれば、これはもう他の手段を取るしかない。

俺はワシタカくんに秘薬を届けてすぐ、ドラゴンの尾に撥ねられて図鑑に戻ってしまった水島の空いた枠を使って、とあるサモンモンスターを召喚した。

「ブクブクブクブク」

「……蟹ダト？」

俺の足元に現れた魔物を見て、小賢はやや呆気に取られた声を浮かべる。

後ろから「蟹ね」「蟹だし」とイグニールとジュノーの呆れた声も聞こえる。

そうだ、蟹だ。

名前は道楽、ハーモニークラブのサモンモンスターだ。

「苔っちに頼まれたのがさ、龍脈を守れって依頼だったんだけど」

「……其レガ、ドウシタ」

「その龍脈、お釈迦にされたから依頼内容を一部変更しなきゃいけなくなったんだ」

「ダカラ、何ヲ」

「つまり、こういうことだよ！」

俺の言葉を理解できないまま、困惑して隙だらけの小賢を斬りつけた。

「……貴様、コノ茶番ハ隙ヲ付クタメダッタノカ？　ナラバモウ少シ上手……クッ⁉」

杖でガードされて俺の刃は届かなかったのだが、次の瞬間小賢は頭を抱えて膝をついた。

どうやら10％を引いたみたいだな。

そして、俺の攻撃はかなり効いてるっぽい。

「何ヲ、貴様——何ヲシタ！」

そりゃそうだ。

憎悪に心を支配される中、強制的に幸せを感じているんだから。

「お前を幸せにしてやっただけだよ」

【サモンカード：ハーモニークラブ】名前：道楽
等級：ユニーク
特殊能力：攻撃対象を10％の確率で三秒間幸せにする

そう、これが俺の妙案という名の切り札。

苔っちには、容赦なく生きる方法を選ぶし、小賢を殺すと伝えていた。

しかし、心の中ではなんとか生かす方法がないものかと考えていたのである。

「小賢、お前の情報ってさ、聞いてる限りだと悪いことなんて全然ないんだよね」

「グ、ウグッ……」

立ち上がってもフラフラと踉跟めく小賢に、どんどん追撃する。

三秒の幸せタイムが切れる前に次の10％を引かないと、手酷い反撃を受けそうだ。

「もし、恨みに取り憑かれる以前のお前なら、こんな馬鹿な真似はしないだろ！」

「ウッ」

「そうだろ？　楽園を作って、友達もいて、大切な竜も連れて、お前のことを信頼してた苔っちも悲しんでんだ。死んでいった同胞が、今のお前を見たらどう思うよ？」

こいつの心が憎悪に縛られているとしたら、それで理性を失っているとしたら。

強制幸福攻撃で一時的にでも緩和できたら、理性を取り戻すんじゃないだろうか。

話に応じろ、小賢。

つーか、龍脈もお釈迦になって不死身も倒せなくて、アンデッドドラゴンがガイアドラゴンとして本格的に目覚めてしまったら手に負えない。

だから話に応じろよ、小賢。

「同胞がやられて憎いのもわかるが、今生きてる奴を大切にしろ！」

そんでもって恨みの連鎖に友人を巻き込むんじゃねえ。

憎悪のままに勢いで行動しても、全てが終わってから再び後悔するだけだ。

憎しみの先には何もない。

そんでもって、中途半端に助けることも良い結果にはならないのだ。

知ってるぞ、俺は。

だから、中途半端にするなってこっぴどく叱られたもんだ。

「よしわかった、わかったよ」

「何、ガ……ウグッ……」

「俺が最後まで責任持って手を差し伸べてやる。料金は前払いでもらってんだからな！」

「ググ……ッ」

憎悪が心を黒い闇で染めたのなら、俺が強制的に白で塗り潰したっていいだろ？

「この際、勇者が全部悪いってことにしていいぞ！　俺は構わん！」

保たれていた均衡が崩れ去ったのは、全て勇者が原因だ。

ずっと貧乏くじ引かされてる俺の気持ちにもなってほしいもんだ。

どの世界だって理不尽ってものは存在する。

それは受け止めていこうぜ。

小さな賢者と呼ばれるほどの器なら、そんな簡単なことができないわけがない。

「ググ……貴様、止メロ、ソレヲ、ヤメ……ロォォォオオオオ！」

攻撃をすればするほど、小賢は立っているのがやっとなほどに弱っていった。

膝をつき、両手で頭を抱えながら酷く呻き苦しんでいる。

想像していた以上に効いてるみたいだった。

いいぞいいぞ、このまま悪いものは全部出しちゃおう。

「お前のかーちゃんゴブリンが今の姿を見たらどう思うよ？　親孝行しろよ！」

「ウ、グ……ァァアアアアアア!!」

こいつに親がいるのかどうかは知らないし、半ば冗談で言ったのだが、その単語を聞いた小賢は叫び声を上げて苦しんでいた。

二度と親孝行できない奴に言われた親孝行という言葉、響いちゃったかな。

「私は……グググ、私ハ、同胞に顔向け……同胞ノ恨ミヲ……」

「まーだ言ってんのか、もう諦めろ」

お前が復讐をやめると宣言するまで、俺は攻撃の手を休めない。

俺が死ぬまで幸せ攻撃を続けるんだ。

「ゴノォ……ぁれ、グッ、頭ガ、グァァアアアアアア」

俺の根性と小賢の復讐心、どっちが勝つか根比べと行こうじゃないか。

これまでガーディアンにもゴーレムにも勝利してきた。

答えは思ったよりも簡単なものだったじゃないか、こいつが勘弁してくれと言うまで、斬って斬って斬り続けるのみである。

「もう諦めろ！」

「――グァァァアアアアアアッ！　ァア……あぁ……」

何度も語りかけながら説得攻撃を続けていると、小賢の様子が変わってきた。

「……私は……ぅぅ……師匠、チビ……みん、な……」

憎悪に染まった真っ赤な瞳から、強い憎しみの感情が消える。

歪な姿は、シュウゥと黒い煙を上げながら少年のものへと変わっていった。

「えっ」

なに、どういうこと？

間近で見ていた俺が理解できずに驚いた。

小賢って、元々人間だったのだろうか？

「トウジ！　上！」

攻撃を続けるべきか止めるべきか迷っているとイグニールの声が聞こえた。

「えっ？」

視線を上に向けると、小賢から噴き出した黒い煙が、徐々に何かを形作る。

薄煙が雲のように集まって漆黒に染まると、中央にギョロリと目が出現した。

「な、なんだ？　なんだよ、これ……」

黒煙の中央に存在する血走った赤い瞳は、憎悪に取り憑かれた小賢とそっくりだ。

茫然としていると、煙の中から黒い鎖が飛び出してきて、反応できずに縛られた。

「おわっ⁉　な、なんだこれ！　なん――」

その瞬間、強烈なナニカが俺の中に流れ込んでくる感覚があった。

胸の中にどす黒い感情が湧き上がり、爆発するように一気に膨らんでいく。

「う、ぁ」

視界が一気に赤黒く染まって塗り潰された。

◇　◇　◇

暗転した視界が元に戻る。

今まで洞窟の硬い岩肌に立っていたというのに、俺は何故か黒い雲の上にいて、眼下には荒廃した赤黒い大地が広がっていた。

「……は？」

魔物や人、いろんな奴が下にいて、俺を見て金切り声を上げながら手を伸ばす。

翼を持つ魔物が飛び立とうとするが、黒い鎖が出現して拘束し引き摺り下ろしていた。

「なん、だ……あれ……？」

まさに地獄。

（右も左もわからない世界に呼び出され、放逐されたのか）

唐突に声が聞こえた。

正面を向くと、あの黒煙が俺の前に現れ、赤黒い瞳でじっと見据えていた。

（可哀想に、憎いか？　その憎しみを解き放つ術を教えてやろう）

「えっ？」

（社会を恨み、周りを妬み、何気ない日常からも放逐されて、辛かっただろう）

「ああ……」

何を言い出すかと思えば、そういうことか。

これは悪魔の取引みたいなものである。

そんな取引を求めてきたこいつは、恐らく憎悪の根元的な奴だ。

激しい憎悪に取り憑かれた小賢は、こいつから力を得ていたのである。

ネクロマンサーが、禁呪を使う前よりも強い力を持つと言われていた意味が理解できた。

「丁重にお断りします」

（何故だ）

「え、断るのに理由なんているの？　なんか気持ち悪いよ、お前」

そんなの嫌だからに決まってんじゃん。

そう煽ると、黒煙はギョロッと目を見開いた。

「おふっ」

心臓を殴られたような衝撃と共に、激しい憎悪が心の中を支配する。

が、すぐに消えた。

黒煙が黒いもやもやで俺を包み込んでも、俺の体に触れるたびに霧散する。

何かしているつもりらしいが、何も変わらない俺の状況に、再び黒煙が問いかけた。

(……何者だ？　お前は恨みや憎しみを抱えていないのか？)

「いや、そんなことはない」

二十九歳の底辺フリーターである俺が、社会に対して不平不満を言わないわけがない。

愚痴なんて、普通に言うもんだろ、だって人間だもの。

単純に霧散の秘薬の効果によって、こいつの憎悪増幅能力が通用しない、それだけだ。

幻覚攻撃を食らってから、定期的に飲むようにしててよかった。

そんな最強の秘薬を知らない黒煙は、ギョロ目をさらに丸くする。

(……何故効かない。憎悪を持たない人間など、この世に存在しないはずだ)

「お、そうだな」

むしろ並の人間よりも、嫉妬心や劣等感が強い部類に入ると思うぞ。

何かにつけて理由がなければ行動できないタイプだし、後悔だってたくさんある。

面倒な輩に遭遇したらムカつくし、こいつに天罰くだらないかなって常々思うよ。

「だけど、この世の全てを恨み倒してもしょうがなくない？」

(……は？)

「キリがないって言ってんの。力に溺れて誰彼構わず殺すのは憎悪でもなんでもない」

（……？）

「それに、目には目を歯には歯をだと、古臭いんだわ」

ここで真っ向からこいつを否定するのは、なんだか違う気がした。

俺は勇者でも英雄でもない、ただの一般人。

恨みを晴らすなとか、そんな御大層なことを言える身分ではない。

我慢できないことだってあるし、誰でも憎悪は持つもんだ。

「復讐するなら、もっとスマートにやった方がいいと俺は思うんだ」

（お前は、何を言っている？）

「もしお前が復讐の手助けをする存在なら、良い方向で使ってみては？」

（……だから、何を）

すごく悔しい思いをして、復讐したいって思った奴に今後の生活が上手くいく方法を教えるとか、憎しみを乗り越えられるような、そんな手助けである。

「だって、結果的にこっちが幸せになったら相対的に復讐相手は不幸だろ？」

（それだと憎しみの連鎖は起こり得ない。それは復讐ではなく、憎しみでもない）

「ふーん、わかった」

（理解したか。ならば今こそ勇者に復讐をする時ではないか）

黒煙は、一本の鎖を俺に向かってスルスルと伸ばした。

(この鎖を取れば永遠の命をやろう。この世界に破滅をもたらすこともできる)

見ろ、と眼下にたむろする大勢に目を向けて黒煙は語る。

(憎しみに囚われた魂だ。感じないか、とてつもない力を。こいつらは全て憎悪を持った者たちで、力を貸してくれる存在だ。これによって貴様の復讐は保証される)

ど、どういうこと？

下にいる奴らは全員、憎悪や復讐心を持っていて、みんなで一丸となって復讐しましょうって感じなのか？

カルトだ。

「あっ、でも小賢って失敗したよね？　保証ってどういうこと？　あれあれ？」

(……それは奴に甘さが残っていたからだ)

黒煙は鼻で笑いながら続ける。

(ふん、余程あの竜が大切だったようだ。あの竜共々、私の力を受け入れていれば、お前程度に後れをとることはあり得なかったんだがな)

「へぇ」

(それに、初手で地竜の魂を奪ってしまえばよいものを、たかがゴーレムエンシャントごときに揺さぶられるなど、甘い、甘過ぎる。私の力に抵抗しうるお前の能力があれば、この世界の覇者になれるぞ。お前を止められる奴がお前しかいないとすれば、もはや敵は存在しないと言っても過言で

はない。私と契約すれば、それは確かな保証となる)

それにだ、と黒煙はまだまだ話を続ける。

正直長い。

(小賢と呼ばれし魔法使いの力も、今や我が手に)

そんな言葉と共に、グワッと眼下にたむろしていた奴らが押し退けられ、その中央に柱に鎖で縛られた少年の姿が浮かび上がった。

(見ろ、傑作ではないか? 同胞や大切な存在を殺され、潔白な魂は見事なまでに黒に染まった。ここまで縛りつけるのには苦労したぞ。だが、お前という敵が障害となったことで、私の力をさらに行使し、奴は深い深い闇の中に囚われた。どうしようもできないこの無情な姿は私を恍惚とさせてくれる。まさしく、傑作だ)

「それ、契約したら俺がそうなるだろ……」

契約したその後、みたいな姿を見せられて頷くバカはいない。

(貴様には何故か私の力が通用しない。と、いうことは力を得ても囚われずに自由だ)

「は、はあ……」

(それこそ、まさに境地なのかもしれない。興味が湧いた。故に是非とも貴様の復讐に手を貸したいと思ったのだ。私の願いをどうか聞き届けてくれないか)

「すごい、自分勝手だな……了解理解した。わかった、わかったよ」

（それは肯定と受け取ってもよいのか。ならば鎖を――）

「――違う」

握手を求めるように鎖を伸ばす黒煙に、霧散の秘薬を取り出しながら言い返す。

「お前が復讐を、ざまぁを語る資格がないってことにだよ、バーカ」

俺は、ありったけの霧散の秘薬を眼下に広がる地獄の中に投げ込んだ。

パリンパリンパリンパリンと瓶が割れて、中身が飛び散っていく。

（――なっ!?）

断末魔の叫び声が聞こえてくる中で、黒煙の大きな目がギョロリと俺を向いた。

（何をする！　何だそれは、何なんだ！）

「さて、何でしょう？」

正直、精神世界みたいな場所でインベントリを開けるか心配していたが杞憂だった。

霧散の秘薬の効果により、囚われていた怨念が一気に消えていく。

（何をした！　貴様、何をした！　私のコレクションが、ああ……っ！）

「コレクションって、悪趣味だな」

気味が悪いので、みんなまとめて恨み消し。

あの中には、今もなお復讐心に取り憑かれて生きている奴もいるだろうが、変な奴に力を借りずに自分で頑張れ。

復讐のために努力を重ねていたら、きっとその努力が別の形で報われるんじゃないか？　知らんけど。

「とりあえず、そこの小賢を開放すれば、不死身じゃなくなるんだよな？」

（……）

「無言は肯定と受け取るぞ」

小賢の不死身問題が解決すれば、後はどうにでもなる。

（き、ききき、き貴様ああああああああああ！）

「ポチ、ゴレオ、キングさん……来い！」

顔真っ赤いや、目を真っ赤に充血させて攻撃する素振りを見せたので仲間を召喚した。

インベントリも使えたのだから、いけるんじゃねと思ってやってみたらできた。

「アォン」

「……！」

「プルァ」

恐らく俺の目を通して見ていたのだろう。

全員が事情を察して俺の隣に並んでくれた。

「かかってこいよ、クソ味噌野郎。俺たちが相手だ！　キングさんがぶっ飛ばすからな！」

「オン……」

「……」

「プルァ……」

「えっ、なんで俺呆れられてるの？」

キングさん、ぶっ飛ばす役目はいつだってキングさんだったじゃないですか。

つれないことを言わないでください。

「まあいいや」

永遠の命とか、世界の半分とか、この世の覇者とか、そんなものには興味はない。

俺が欲しいものは、平和に過ごせる毎日だ。

苦労することもあるだろうけど、みんなで力を合わせて乗り越えていける日々だ。

とかくこの世は生き辛い。

誰だってそう感じてはいるが、生きていれば何かしら良いこともあったりするもんだ。

「そんな日々を邪魔するなら、お前もハッピーにしてやろうか？」

（で、出て行け！　出て行け!!）

黒煙から渾身の拒絶。

パッと視界が暗転し、気がつけば俺たちは再び洞窟の中に戻されていた。

◇　◇　◇

「トウジ！　大丈夫だし⁉　いきなりキングっちもワシタカっちも道楽も消えちゃったから心配してたんだし！」

「ああ、大丈夫大丈夫。ちょっとご高説を垂れてきただけ」

「……どういうことだし？」

クソ野郎のクソ趣味鑑賞に付き合わされたから、台無しにしてやった。

それだけである。

ともかくこれで小賢も不死身ではなくなったわけだ。

それでもまだ恨みを持っているのならば、もうやっつけるしかないだろう。

「待ちなさい、悠長に話をしてる場合じゃないわよ。ドラゴンがフリーよ」

「……忘れてた」

ワシタカくんが今の今まで抑えてくれていたわけだが、一度別世界みたいなところに行ってしまったせいで開放されてしまっていた。

「一応、ネクロマンサーの力の源は解消したんだけど……ドラゴンはまだ生きてるのか？」

「見たらわかるわよ」

言われた通りに視線を向けると、確かにドラゴンはまだ生きていた。

「ギャ、ギャオ……ギャオオオ……」

ドラゴンは起き上がると、少し悲しそうな鳴き声を上げる。

そしてバタバタと俺たちの元へ突進を始めた。

「みんな、構えて！」

「プルァッ！」

全員で武器を構えてドラゴンとの戦いに備えていると、キングさんが目の前に立つ。

我が戦いにケリをつける、とでも言っているのだろうか。

「キングっちが、敵意は感じないってさ」

「……マジで？」

「プルァ」

「何かあれば我がいるから、黙って見ていろって言ってるし」

「了解」

キングさんがそう言うのなら、大人しく従うしかない。

「ギャオォ、ギャァオ……」

ガイアドラゴンの魂を得て、アンデッドドラゴンからすっかり普通のドラゴンになったチビは、キングさんが言ったように敵意は一切感じられなかった。

むしろ、未だうつ伏せて倒れたままの小賢に近づいて、心配そうに鳴きながらペロペロと彼の顔を舐め続けている。

「アォン……」

「……」

ポチとゴレオが、少し心配そうな目でその様子を見つめていた。

同じ従魔として、気持ちがわかるのだろうか。

「ねえ、これはどうなってるんだし……？」

「わからん」

わからないけど、状況がこれ以上悪くなることはない。

それだけは確かだ。

「どうするのよ、トウジ」

「……うーん」

イグニールの言葉は、小賢に止めを刺すのか刺さないのかってことだろう。

俺たちが受けた依頼は、アンデッド災害を引き起こしたゴブリンネクロマンサーの討伐。

見つけたら殺せってことなのだ、が……。

「どーすっかな」

形はどうであれ、こいつはデプリで大量に人を殺してアンデッドにした。

その罪は消えないし、償っていかなければならないことである。

今ここでそれを掘り返して、敵対していないドラゴンを刺激するのは非常に不味い。

「こいつはもうネクロマンサーじゃないから、放置で」

小賢をゴブリンネクロマンサーにしていた根本的な原因は解決したのだ。

討伐完了という体裁でいても問題はないはずである。

「意外とあっさりね」

「まあね。これ以上追い込んだらバチが当たるよ」

「そっか……それもそうね」

俺の言葉を聞いたイグニールは、少しだけ口元を綻ばせた。

下手に恨みを買っても、また繰り返しである。

どこかで妥協点を見つけて、自分の中で折り合いをつけるのが大人の対処法だ。


「う……」

小賢が目を覚ました。

『ウィンスト！　ウィンスト！　ああっ、友よ、私の声が聞こえているか！』

同時に苔っちを抱えたシャーロットが走ってやってくる。

「…………ゴーレムエンシャントか……チビ、ありがとう」

小賢は、優しくチビを撫でると上体を起こした。

そして、大きなため息を吐いて項垂《うなだ》れる。

「……長い間、眠っていたような気分だ。それでいて悪夢のように鮮明に覚えている」

『ウィンスト……』

項垂れたその姿は、俺に向かって首を差し出しているようにも思えた。

悲壮感に包まれた彼の姿に、少し心が締め付けられそうだ。

「トウジ・アキノ……一つだけ頼みたいことがある」

「え？　なに？」

無事に正気を取り戻したみたいだし、苔っちともっと色々話すのかと思っていたのだが、急に話を振られても困る。

困惑していると、小賢は言った。

「チビを頼めないだろうか」

「は？」

「従魔をそれだけ大切にできるのならば、そこにチビを加えてやってほしい」

「ギャァォ……？」

いきなりどうした、とチビと一緒に首を傾げる。

そんなの無理に決まってるだろうに。

俺のはただの従魔ではなく、サモニング図鑑を経由した従魔なんだ。

色々とキャラの濃い連中が多いし、ドラゴンをもらっても持て余す。

「私は師との約束を違え、大きな咎を背負ってしまった。今なら殺せるぞ」

「おいおい……」

項垂れる小賢を見た時の違和感は、これだったか。

「色々と迷惑をかけてすまなかった」

「待て待て待て、勝手に話を進めるなってば」

「……私は、関係のない者を巻き込み過ぎた」

項垂れたまま、小賢は言葉を続ける。

「許す腹づもりだろうが、私は断罪されるべきだ。私が自分自身を許すことができない。古き友人とチビがいるこの場で殺してくれ。証人として見届けてほしい」

どいつもこいつも人の話を聞かずに自分語りばかりしやがって、わがままな奴らだ。

俺の方が悩んでるっつーの。

死んで楽になりたいなら、俺の知らないところで勝手にやってくれよ。

見届けた後のストレスとか、多分半端ないぞ。

小賢の名前を聞く度に、断罪した記憶がフラッシュバックするなんて嫌だ。

「殺して恨みを晴らすとか、死んで償うとか、あの黒煙もそうだが頭が固いって」

「……？」

「悪いことしました、だから死にます。そんなんで罪が消えると思うなよ」

安い、安過ぎる。

死ぬ死ぬ詐欺並みに安い言葉じゃないか。

「心の底から反省する気持ちがあるのなら、しっかり生きて償えよ」

「それがわかれば、こうして頼んでいないさ……」

「いや、そんなの自分で考えろよ」

きっぱり言ってやると、小賢は押し黙ってしまった。

生きるか死ぬかの重要な選択肢を勝手に他人に委ねるのは、虫のいい話である。

「そもそも、そっちに先に手を出したのはデプリ側だろ？」

被害者のことを考えなければ、ぶっちゃけ痛み分けみたいなもんだ。

別にゴブリン側に立ってるつもりもなければ、デプリ側でもない。

被害者のアンデッドを見た時は、色々と虫酸が走る思いもあった。

だが、それはその時の小賢を敵だと認識していたからであって、色々と事が解決に差し掛かった現段階だと話は変わってくる。

全部俺の知らんところで起こったことだからな。

「そういうのは、やられた側が勝手に仕返ししてればいいんだよ」

黒煙を真っ向から否定しなかったように、俺は憎しみ自体はあるもんだと思っている。

「そんでお前も、仲間がやられたからだって勝手に言い張ってろ」

なんで俺が間に入って面倒ごとの仲裁をしなきゃいけないんだ。

はっきり言うぞ、迷惑だ。

「私は、その怨嗟の鎖を、しがらみを私で断とうと……」

「断った気になるだけで、何も変わらないと思うけどな」

「ぐむ……」

恨んだ相手が消えたとしても、憎しみや悔いは一生残り続けるものではなかろうか。

黒歴史と同じように。

「ま、そこまで死にたいなら逆に死ぬの禁止の刑に処してやろうかな」

そっちの方が、こいつにとっては死ぬよりも辛い懺悔の道となる。

俺みたいにたまには良いことをして、徳を積めよ。

カルマ様は見てるぞ。

「…………」

返す言葉が出てこないのか、小賢は俯《うつむ》いて黙ったままだった。

つーか、殺そうとしたら余計面倒になる。

横目でチラリとチビを見ると、じっと俺を見つめて今にも暴れ出しそうな雰囲気だ。

目が語っている、ご主人様に手を出したらただじゃおかないって。

それだけ従魔に愛されてるなら、周りが話す通り、根が悪い奴ではない。

「よし、従魔を大切にする人に悪人はいないってことで、ここは一つ」

「……適当だな、呆れるほどに」

俺の言葉に、ようやく小賢は顔を上げた。

未だにどんな顔をすればよいのかわからないって感じだが、辛気臭い雰囲気はない。

「適当が一番だよ」

気を張り詰めてばかりいても疲れるだけだ。

毎日を楽しく生きるコツは、適度に力を抜くことである。

「ってか、一つ気になることがあるんだけど……」

「なんだ」

黒煙の呪縛のようなものが消えてから、小賢は大きく変わってしまった。

歪なゴブリンではなく、一人の少年の姿である。

「ゴブリンなの？　それとも人間なの？　どっち？」

「ゴブリン……ではある」

なんだそれ、えらく含みを持たせた言い方だ。

罪をどう償えばよいかよりも、そっちの方が気になって眠れないレベルである。

「まあ、とりあえずこの話はここで終わりだ。ガイアドラゴンの魂を苔っちに返して、さっさとこの洞窟から抜け出そう。いつ崩れるかわからないし」

地鳴りは未だに続いていて、ここまで保っているのも不思議なくらいだった。

山が空気を読んでくれているのだろうか。

「それなら心配はいらない……チビ」

「ギャオ」

小賢の合図でチビが吠えた瞬間、地鳴りがスッと消えてしまった。

「安定した。これでこの地の崩壊は免れるはずだ」

「あ、そうなんだ」

いったいどうやったのかはわからんが、ガイアドラゴンの力があれば簡単なのか。

本領を発揮する前に、こうして決着がついて良かったと心の底から思う。

「じゃ、あとは魂を返却して終わりだな」

「……すまないが、それはできない」

「どういうこと？」

「ネクロマンサーだった時の私が、チビとガイアドラゴンの魂を同化させてしまったからだ」

小賢は、強い意志を秘めた瞳を俺に向けながら続ける。

「だが、そこに関しては後悔もしていなければ譲るつもりもない。私が全てを終えて朽ち果てた時、チビだけは生き残らせるために必要なことだった」

「ギャォォォ……」

小賢から詳しい話を聞けば、ネクロマンサーになった理由もそこだった。

勇者に殺されてしまった一体の竜を救うために、彼はあいつと取引したらしい。

「だったら、代わりに祭壇を守ればいいんじゃない？　な、苔っち」

『いや、竜の体に収まっている状態では無理だ』

「ええ……」

会心の案かと思われたが、すでに器を得た魂はどうにもならないそうだ。

なんだろう、揃いも揃って無職に成り果てたか。

だったら後はもう各々が好きに生きたらいいじゃん。

「小賢の処遇は、苔っちに一任するよ……うん……」

龍脈を守ることはできなかったが、元龍脈は手元にある状態。

これはある意味、依頼達成と見てよいでしょう。

『いいのか？』

「どうぞ。面倒なことを起こさなかったらなんでもいいよ」

『誓おう。無論、私たちは基本、人とは関わらぬ種族だ。おっと、シャーロットは別か。うむ、とりあえず面倒ごとを起こさないように心がけ、約束を違えた際にはこの命に代えよう』

「いや、別にそこまで決意しなくてもいいんだけど……」

重たいわ。

「私もゴーレムエンシャント……いや、苔っちの指示に従うことを誓おう」

『ウィンスト、お前は苔っちと呼ぶな』

「しかし、今まで名前を呼んだことも聞いたこともなかったからな」

「ねえねえ、苔っちってあたしが名付けたんだし！　えへへ、いいっしょ？」

「うむ、呼びやすい名前だと思う」

『……好きにしろ』

さて、苔野郎がため息をついたところで話は終了だ。

俺たちはギルドに戻って、ゴブリンネクロマンサーとアンデッドドラゴンは倒したものとしてギルドに報告しよう。

え、虚偽の報告はいけないって？

いやいや嘘ではない。

小賢はもうネクロマンサーとしての力を失い、アンデッドドラゴンは別のドラゴンとして転生したんだからね。

『シャーロットに外界への近道を案内させよう』

「ありがとう苔っち」

キングさんを戻すと、ポチ、ゴレオ、コレクトのいつもの布陣を召喚する。

ああ、なんだかいつもの平和な日常が戻ってきたような感じがした。

「ねぇシャーロット、彼氏とはどこで会ってるし？　街にも来るし？」

「……」

「えっ、普通に街でデートしてるし？　それ、危ないから一応従魔の印とかを体のどこかに身につけておいたほうがいいし！　ほら、これだし、あたしもゴレオもつけてる！」

「……」

「えっ！　赤い指輪を従魔の印としてプレゼントしてもらって、それを薬指に嵌めてたら問題ないのぉっ!?　いいなあ！　スカーフじゃないの羨ましいし！」

近道を歩く最中、ジュノーがシャーロットにしつこく絡んでいたのだが……マジか。

左手薬指に指輪ってゴーレムマニア、マジか。

衝撃の事実に戦慄していると、隣を歩くイグニールが話しかけてきた。

「トウジ、これで一件落着かしら？」

「そうだね。一件落着と言えるほど、大して解決に協力したわけじゃないけど」

自分のやるべきことだけやって、最後は全部放り投げたようなもんだ。

一つの形として纏まってはいるが、一件落着と言えるかどうかは定かではない。

「やっぱりトウジ、相当なお人好しね」

「前にも聞いたよ、そのセリフ」

出会った時のことだ。

その時のイグニールは、プリプリ怒っていてすごく面倒くさそうだなって思っていた。

まさかそれがこうしてパーティーを組むことになるとは、縁とは不思議なものである。

「ふふっ」

過去を懐かしんでいると、彼女はくすっと笑みを浮かべながら呟いた。

「そういうところ、好きよ――」

「――えっ?」

「じゃ、先に行くわね。後ろの彼があなたと話がしたいみたいだから」

「あ、ちょっと!」

彼女はそれだけ言い残すと、ガールズトーク会場へと走っていった。

ちょっとこれどういうこと、まさかモテ期到来なのでしょうか。

いやでも、お人好しなところだって言ってたから、あくまでパーティーメンバーとしてそういう部分が好ましいってことなんだろうね。

きっとそういう落ちだよ。

「……トウジ・アキノ、少し話があるのだがよいだろうか」

「え? あ、うんどうぞ。あと、トウジでいいよ」

「なら私もウィンストでいい」

好き発言のことは一旦忘れて、すっかりゴブリンの面影がなくなってしまったウィンストの話を聞くことにする。

「トウジは、いずれは勇者と戦うのだろう？」

「うーん、どうだろう」

勇者一行に関することについては、基本的に逃げの一手を貫いている。

物語の主人公に、脇役の俺が勝てるはずがないだろう？

万が一に備えて勝ち星を拾えるようにと力を蓄えているのだが、それはゴールのないマラソンを走っているようなもんだ。

俺の十倍のステータスを持っている連中だってことを想定して動いてはいるのだが、成長した勇者のステータスがどんなもんなのかは未知数である。

俺が想像するよりもっと強いのかもしれないし、弱いのかもしれない。

シュレーディンガーの猫……いや、歩くパンドラの箱だ。

しかも箱はすでに開かれていて、各所に迷惑をかけるという手に負えない状態の、な。

「そんなもん相手にどうしろってんだ……」

辟易していると、ウィンストは言う。

「力になれるかわからないが、戦う時がくれば助力しよう」

「あ、ほんと？」

すごくセンシティブな話題だと思ったけど、手を貸してくれるならば遠慮はしない。

「私の命は、もはやトウジの物。恩人のために使うのが一番良いと判断した」

「別に命を助けたわけじゃないけど……」

重てえよお。

「呪縛から解放してもらい、再びチビと過ごせるようになったのはお前のおかげだ」

もう二度と手に入らないと思っていた日々。

それはまさに私の命と同じである、とウィンストは言って聞かなかった。

「なら恩義のままによろしく頼むね、適当にサルトの街とか守っててくれ」

「任せてほしい。サルトの人たちにも迷惑をかけたからな、本当に……」

まだ精神的に不安定なのか、時折悔いるような表情を見せるウィンストに言ってやる。

「お前さ、いちいち気にして落ち込んでたらキリがないぞ」

「そうだが……」

「しでかしたことを忘れろとは言わないけど、ある程度は割り切ったほうがいいよ」

俺だってゴブリンとかめちゃくちゃ狩ってるし、視点を変えればジェノサイダーだ。

今まで倒してきた魔物の数をあげるとキリがない。

「ポチもそう思うだろ？」

「アォン」

みんな生きるために必死なんだ。

ただ、たまたま敵として出会っただけで、別の出会い方をしていたらこんな騒動には発展しなかったと俺は思っている。

「そうか……わかった。なんとなくだが、心が軽くなったよ」

「ストレスを溜め込むくらいなら、逃げ出した方がいいさ」

歯を食いしばって頑張るのは、本当にヤバイ時だけで十分なんだ。

「……師匠も同じようなことを言っていた気がする」

「へえ、師匠って誰なの？」

「——□□□」

ウィンストの口は確かに動いていたのだが、何故かノイズが入ってしまったように、彼の発する言葉は聞き取れなかった。

「え、なにそれ」

「ダメだ、阻害が施されている」

「どういうこと？」

「巨大な力は全てを狂わせる、からだ」

抽象的過ぎて今いちわからない。

主語をはっきりさせてくれよ。

伝わらなかったら会話としてまったく成立してないことになるんだが？

「すまない。伝えられるように話したらこうなっていた」

俺の表情を察してか、ウィンストは取り繕う。

「師匠とは、いずれ逢うことになるだろう。その時は私の失態を肴にするといい」

「よくわからないが、お前がそういうのならそうなんだろうな」

ウィンストの師匠か……。

逢ったとしても、トラブルしか生まなそうな予感がするのは俺だけだろうか。

変にネガティブな想像をしても良いことはないので、考えを切り替える。

「サルトには知り合いがたくさんいるから、俺の代わりに気にかけといてくれ」

万が一、知り合いに危険が及ぶようなことがあれば、ギリスからだと駆け付けられない。

その点、ウィンストとチビがこの地にいるのならば、安心して任せることができるのだ。

「任せてほしい。龍脈とトガルは私が守護しよう」

「頼むね」

さて、なんでこんな話になっているかと言うと、ウィンストたちは結局龍脈を守る使命を背負うこととなった。

苔っちは魂が器を持てばどうすることもできないと言っていたが、だったらガイアドラゴンがどうやって魂の姿になったんだって話である。

チビは、ガイアドラゴンの魂と融合して新たなガイアドラゴンになった。

その時にガイアドラゴンの知識を一部得たのか、自らを魂の状態にすることができるようになっていたのである。

結果、祭壇の地下にチビの魂は配置されて、ゴーレム一族は山脈に魔力を送る業務を続けることになった。

一時はみんな無職かと思いきや、チビのおかげで復職だ、よかったな。

「ギャオッ！」

ウィンストの頭の上で、ミニマムサイズとなったチビが吠える。

「チビも頑張ると言っている。トウジとつながりの深い牛丼屋が気になるそうだ」

「従魔が食いしん坊なのは、どこも一緒なんだな」

一度も牛丼を食べたことがないそうだが、きっとどハマりするだろう。

……え、なんで魂になったはずのチビがここにいるのかって？

これまた話せば長くなるのだが、簡単に話そう。

チビの魂は、今後も山脈に魔力を送り続ける存在として祭壇の地下に安置されたはずだったのだが、その後普通にミニマムサイズの姿でふわふわとウィンストの元に現れたらしい。

どうやら、ジュノーの様に分体を出せるようになっていたそうだ。

よくわからんけどすごいね。

そんなわけで、誰かが離れ離れになることもなく、職を失うこともなく、山脈の地下洞窟に平和が戻ってきたのだった。

色々と話が逸れてしまったのだが、ウィンストとの対話に戻ろう。

「で、話はそれだけなの？」

「いや、実は私の杖は師匠から譲り受けたものなのだが、勇者たちに奪われてしまった」

「取り返せってこと？」

さすがにそれは面倒臭いなと思っていると、ウィンストは首を横に振った。

「違う、もういいんだ。悔しいが私に持つ資格はない」

……不憫だから新しい杖を準備してやろうかな。

杖がないと魔法の威力も下がるだろうし、今のウィンストに死なれたら困る。

「私が言いたいのは、私の杖を持った賢者は、全てのステータスと属性が強化されていて、さらに強力なスキルを使えるようになっているから気を付けてくれってことだ」

「へえ、強力なスキル？」

スキル持ちの武器とは、つまりユニーク以上の潜在等級を秘めた武器。

どんなスキルを持っているのか気になった。

「ウィズダムアリアとノーリミットだ」

「聞いたことないスキルだね」

「ウィズダムアリアは、無詠唱時の威力ロストをゼロにし、心の中で詠唱することによって魔法スキルの威力を二倍、声に出して詠唱すれば三倍の威力に増幅させるパッシブスキルだ」

つっよ……。

「ノーリミットは？」

「スキルを発動すれば、ＨＰが10分の１になり、その半分がＭＰになる。ステータスもＩＮＴ以外全てが10分の１になり、合計値の半分がＩＮＴに全て上乗せされる」

それなりに強い。

補正値ではなく基礎値が増えるとすれば、ステータスの％上昇効果を持った装備とのシナジーでかなり強いスキルに化けそうだった。

「そんな杖を持った私ですら勇者たちは蹂躙する。トウジを心配しているのだ」

「ちなみに戦った時のウィンストのレベルはいくつだったの？」

「１００レベルを超えたあたりだったような……ああ、私のレベルはすでに１２７、犠牲になった人たちのことを思うと……」

「あーあーあー！　もういいって！　話が進まないから！」

「すまない」

額を押さえて嘆く少年の姿を見ていると、なんともちぐはぐな印象だ。

ちなみに、ウィンストの髪の色は憑き物が落ちたような真っ白さ。

顔はややタレ目だが、それなりにキリッとした雰囲気である。

「まあ、勇者のステータスは一般人の十倍とか聞いたし、１００レベルじゃ負けるわな」

「……ならば私の杖の効果によって、さらに強くなっているのか」

「そうなる。ま、だから逃げてるんだけどね。まともに相手した方が負けだ」

なんせ、相手は自然災害と同じようなものなのだから。

台風相手に、竜巻相手に、雷相手に勝とうだなんてただの馬鹿だろ。

「そう言うものか。やはりトウジは強いな」

「ハハハ」

どちらかと言えば、誰よりも弱いことを自負しております。

装備を脱いだら本当に貧弱なのだ。

「じゃ、そろそろ外だしもう行くよ」

「わかった。本当にありがとう。私の命にかけても使命を果たすことを誓う」

「へいへい、頼むねー」

あまり重っくるしい別れにならないように、適当な返事をしながら手を振った。

ナチュラルにコミカルな雰囲気を作り出せるジュノーは、実はすごい奴かもしれない。

あ、そうだ。

「牛丼屋に行ったら、俺の名前を出したら多分大盛り無料にしてもらえるよ」

「……大盛り？　そこまで食べるタイプではないのだが、やってみよう」

「おう、またな」

終わった、やっと家に帰れるぞ。

第五章　みんなで魔術芸団を観《み》に行こう！

「あぁ～！　あ～！　うあぁ～！」

サルトの宿に戻ってくると、一気にソファーに飛び込んだ。

「アォン……」

脱ぎ捨てられた装備をポチがため息を吐きながらも拾って畳んでくれる。

ふかふかの感触に、今にも夢の国に旅立ってしまいそうだった。

「着替えてくるわね」

「はいよ」

自分の部屋に戻るイグニールを見送って、ポチが淹れたコーヒーを口に含む。

温かさが身に染みるなあ。

ギリスに比べたら南の方に存在するトガルもこの時季になると寒いのだ。

装備を身につけていると寒いと感じることはないのだが、それはそれで味気ない。

こうして装備を全て取っ払って寒さを感じながら温かい物を飲む。

今を生きてるって感じがして、それは何よりも幸せな瞬間なのではないだろうか。

「ポチ、おいで」

「アォーン」

愛くるしいコボルトを膝の上に乗せて、もふもふの頭部に顎を乗せて寛《くつろ》ぐ。

これこそ最強の寛ぎ体勢だ。

「……あたしもー」

人肌が恋しくなったのか、俺の頭の上にジュノーが座った。

右肩にはコレクトがいつの間にかいる。

「……」

「ソファーから場所を移すか」

ゴレオを独りぼっちにするわけにもいかないので、あぐらで座ってもらい、その上にクッションを敷いてソファーと同じ体勢をとった。

「俺の頭に顎を乗せるなよ」

「……」

「ちょっとくらいダメ？　だってさ」

「死んじゃう」

装備もつけてない状況で、そんなことをされてしまったらマジでヤバイ。

何考えてんだ。

「……何してるのよ」

着替えたイグニールが部屋に来て、俺たちの様子を見てため息を吐く。

「これは寛ぎの陣」

「とても寛いでるふうには見えないんだけど……？」

「それが意外といい感じなんだよなあ」

ゴレオの足にクッションを敷けばケツも痛くならない。

何より、この体勢は野営する時に役に立つのだ。

ゴレオの堅牢な体に守られて、ポチはもふもふで適度にぬくぬく。

この体勢でも装備もポーションも作れるし、飯だって食えるぞ。

「あっそ、なら座り心地を確かめさせてもらうわね」

「うおっ」

グッと俺を押し除けるようにして、イグニールが隣に座る。

肌と肌がくっつく程の距離感。

少しだけドキッとしてしまう俺がいた。

「意外といいわね」

「な？」

俺とイグニールの密着した肩に跨って座るコレクト。

ジュノーはいつの間にかイグニールの膝元に。

全員がゴレオの体にすっぽりと収まっていた。

「は〜、ところでゴレオのプレゼントは何にするし？」

イグニールの膝の上でゴロゴロするジュノーが唐突に話し始めた。

「お金渡すからなんか好きなもん買ってきたら？」

「上限いくらだし？」

「うーん白金貨1枚で足りる？」

「足り過ぎるわよ！」

イグニールからすぐにツッコミが入る。

確かに白金貨1枚は多過ぎた。

いかんな、最近金銭感覚が狂ってきている気がするぞ。

「明日あたり、俺はギルドに報告しに行くから、その間に遊んできなよ」

「え〜、みんなで行くし！　トウジ休日引きこもり過ぎだから外に出ろし！」

引きこもりの代名詞とも言えるダンジョンコアに言われたくない。

でもたまにはいいか。

「サルトってなんか目新しい物あったっけ？」

そもそも前に住んでた町だから、新鮮味がある物なんてない。

懐かしいなとフラついても一日とたたずに終わるだろ。

「そういえば、タリアスから魔術芸団が巡業で来てるらしいわよ」

「魔術芸団？」

「なんだしそれ？」

「なんか魔法を使ったショーとか、従魔を使ったショーとか、そういう見せ物をやって世界を回ってる一団だったかしら？」

「なるほどね」

サーカスみたいなもんか。

夏場は北の国を回り、冬が来るに連れて南の方へと戻ってくるそうだ。

時期的に丁度トガルを回る頃合いで、たまたまサルトに来ているとのこと。

みんなで楽しめそうだし、いいかもね。

「なら先に報告を済ませておかないとな」

ゴレオソファーから立ち上がって背伸びをし、再び装備を身につける。

「一緒に行くわよ」

「せっかく着替えたのに、装備つけるの面倒じゃない？」

「一緒に行く」

「あっはい」

イグニールも一緒に行くそうです。

「あたしもー！」

「クエーッ」

ポチとゴレオだけ夕食の準備で残して、残りのメンバーで行くことになった。

ネクロマンサーを倒した報告だから、こんな大所帯じゃなくても良いのにね。

◇　◇　◇

「……！」

翌日、サルトの街並みを見渡しながら歩いていると、ゴレオが急に立ち止まった。

じーっと店の中を眺めている。

「どうした？」

気になる物を見つけたって感じの雰囲気だな。

いいぞ、欲しいものがあるならどんどん言ってくれ。

今日は何でも好きなものを買っていい日なんだから。

「ゴレオ、ウサギさんのぬいぐるみが欲しいんだってさ！」

「なるほどね、どれどれ」

ゴレオが目を輝かせて見つめているぬいぐるみを探す。

しかし、このぬいぐるみ屋はすごいな。

可愛い動物から魔物まで、各種いろんなぬいぐるみが売られている。

わお、コボルトのぬいぐるみだ。

思わず衝動買いしてしまいそうになるくらいの愛くるしさだが、うちには実物がいる。

本物に勝るものはないってことで、ここはぐっと我慢しましょう。

「ねー、これ？　これだし？」

ジュノーが指差すのは、たくさんあるぬいぐるみの中でも一際目立っていた、超絶大きなピンク色のウサギのぬいぐるみだった。

目と口がバツ印になっていて、なんともキャッチーな見た目のウサギさんである。

普通の人が持つには大き過ぎるが、ゴレオが持ったら違和感なさそうだ。

「……」

「え？　このぬいぐるみの見た目を、大槌に移して欲しいんだし？」

ゴレオの言葉をジュノーが通訳してくれる。

「……マジで？」

「いつも持っていたいし、ボロボロになる心配もなくなるからだってさ」

「なるほどね」

確かに、それだと元のぬいぐるみは新品のままにしておくことができる。

装備に見た目を移せば、ゴレオの特殊能力で修復され、いつでも新品だ。

そのアイデア、乗った。

ついでにライデンの刀も持ち歩いて修復しておくことにしよう。

戦いが忙し過ぎて、すっかり忘れていた。

「はい、ゴレオ〜」

「……！」

ライデンの刀を取り出している間に、イグニールがさっさとぬいぐるみを購入していた。

お値段は16万ケテル。

決して安くはないというか、むしろこれそんなにすんのってくらい高かったけど、ゴレオの笑顔に比べたら安いもんだ。

「……！　……！」

雰囲気からわかるぞ、今のゴレオはものすごく喜んでいる。

興奮のあまり抱きしめ過ぎたら潰しかねないので、颯爽とカナトコしておいた。

しかし、見た目は可愛いぬいぐるみなのに実は１４０レベル用武器ってすごい。

たかがぬいぐるみだと油断した相手を確実に一撃で葬り去ることができる。

「いいなあ……あたしもなんかそういうの欲しいし！　欲しい欲しい！」

「駄々っ子しないの」

買って買って攻撃をするジュノーと、それを宥めるイグニール。

母娘か、これ。

「でもイグニールだって欲しいでしょ？　部屋にいっぱいぬいぐる――」

「――ジュノー、あっちに美味しそうなスイーツ屋さんがあるわよ～」

「パ、パパパ、パンケーキ！　食べる食べる～！」

何やってるんだ、あいつら。

イグニールは何やら誤魔化そうとしているが、可愛いものが好きだってことはクマさんの下着を見た時に理解している。

別に隠さなくても気にしないのに、本人が隠したがっているみたいだから、俺は空気を読んでわからないフリをしておくか。

「ねぇ、トウジ！　もしかしたらパンケーキも」

「できねえよ」

あいつは多分、パンケーキの見た目を装備に移せないかと聞こうとした。

パンケーキを装備にして、ゴレオの特殊能力で無限に食べるつもりだろ。

馬鹿か、あいつ。

仮にカナトコで食べ物の見た目を装備に移せたとしても、装備だぞ。

食えるわけがない。

「アォン」

ジュノーの馬鹿さ加減に辟易していると、ポチが俺のズボンを引っ張った。

そうだそうだ、これから魔術芸団をみんなで見に行くのだ。

悠長にスイーツを食ってる場合ではない。

チケット代、地味に高かったんだから最初から最後まできっちり見るんだ。

ちなみに、みんなでゆっくり見れるボックス席は人気らしく完売していた。

そこから一つ言えることは、転売屋ってマジで足元見てくるんだな！

日にちをずらそうかと思ったが、今日が最終日だから本当に仕方がない。

「ほら、ポチが早く行こうって言ってるよ」

「は～い！　魔術芸団っ！　楽しみだし！」

なんだかんだ、俺もサーカスを生で見るのは初めてなので楽しみだった。

異世界のサーカスは、いったいどんなふうに俺たちを驚かせてくれるのか。

うーん、期待が膨らむね。

「トウジ、ゴレオがぬいぐるみを放しそうにないんだけど、邪魔にならないかしら？」

「うーん、武器には見えないしボックス席だから大丈夫だとは思うけど……」

ボックス席が狭くなるから俺のインベントリに仕舞っとこうな。

◇　◇　◇

「レディース・エーン・ジェントルメーン！」

『うおおおおお！』

「今日もアッと驚く素敵な時間の幕開けさ！」

『おおおおおおおおおおおおおおお！』

ハットを被り、仮面で顔を隠した燕尾服の男の煽り文句に従って、観客が大声をあげる。

空き地に作られた会場は、かなりの熱気に包まれていた。

「すげぇー……」

「わー……」

俺とジュノーは、口を開けながらその様子に釘付けにされていた。

歌手のライブ会場なんかもこんな感じの熱気なのだろうか。

行ったことがないから比較ができないが、この盛況っぷりは期待できる。

「フフッ、開いた口が塞がらないってこういうことね」

俺たちの様子を見ながら、イグニールがくすくすと笑う。

「初めて見たんだから、そりゃこうなるよ。イグニールは何度かあるの？」

「ええ、警護依頼を受けてて、テントの端っこから遠目にだけど」

「そうなんだ」

「でも、こうして一般席よりも良い席でゆっくり見るのは初めて」

彼女はそう言いながら、テーブルに置かれたフルーツ入りの飲み物を口につけた。

蒸留酒にフルーツの果汁や果肉、シロップを混ぜたお酒である。

フルーツをふんだんに使った甘いカクテルは、魔術芸団の本拠地であるタリアス名物だ。

「ほんとラッキーだったな、この席」

頷きながら俺も一口飲んでみる。

あっ、美味しい。

俺たちがいるのはソファーとテーブルが設置されて、飲み食いしながらゆっくり見れるボックス席なのだが、想像していたよりもかなり豪華だった。

ゴレオすらゆっくり座って見れるレベルだぞ。

実のところは、ゴレオが座れるか心配だったんだよね。

席によっては、図鑑に戻して俺の目を通して見せようかとも考えていたのだが、この席なら余裕で大丈夫だった。

買った当初は転売価格高えってクソ文句を言っていたが、これは適正価格どころか良心的な値段設定だったままである。

本当にすいません、反省しています。

「では、最初のショーは氷舞の魔術師サンドラの氷魔法！」

『おおおお！　サンドラアアアア！』

司会の紹介によって最初に登場したのは、肌を大きく露出した黒髪褐色の女性。

さらりとしたストレートヘアーに、キリッとした目元が印象的だ。

「あっ、冬場ですし余波で寒くなるので温かい飲み物と一緒にどうぞ」

『この商売上手めー！』

司会のセリフに、そんなツッコミが観客席から飛んでいた。

この商売上手め、俺も飲み物を追加で注文しておこう。

「ハッ――――！」

音楽が鳴り響き、サンドラが踊り始める。

指先や際どい衣装の袖から、キラキラと氷の結晶が生み出された。

氷の結晶はライトを浴びてさらに輝きを増し、彼女はその中で舞い踊る。

「おお……っ！」

すごいな、すごいな！

異世界ならではって感じがする！

メロディアスな曲に合わせて腰を振る優雅な踊り。

ガヤがすごかった観客席は静まりかえり、みんな息を呑むようにして見つめていた。

曲が終わって、一礼して去っていくサンドラに大きな歓声と拍手が送られる。

「さて、だいぶ最前列も冷えてきたようですし……」

『それを言うなら温まってきただろー！』

「あっ、そうでした。でも私は近くにいたのですごく寒いです！」

司会の男の語り口によって再びガヤと笑い声に包まれる会場内。

その様子に満足そうな笑顔を作った司会は続ける。

「でも一本取られたとは思いませんよ。実際に温まってもらいますから！」

ボッ！

叫んだ瞬間、ステージの両サイドから二つの火柱が上がる。

「次はサンドラの双子の妹、炎舞のシヴィア！」

『わー！　シヴィアー！』

これまた薄着姿の褐色美女が現れたぞ！

双子と言われれば、確かにそう思ってしまうほど似ている。

違う部分を挙げるとすれば、金髪ショートカットくらいだ。

「さっ、文字通り温めて差し上げてください」

司会に言われてぺこりとお辞儀をしたシヴィアは、両手から火でできた鳥を生み出して観客たちの頭上へと羽ばたかせた。

『おおおおおお！』

それを皮切りに、今度は軽快な音楽が鳴り響く。

動きの速いダンスと共に、火で造られた鳥やその他の小動物も踊り出した。

時折大きな火の鳥が出現し、観客席の上空を飛び回る。

サンドラに比べて、インパクトの強いショーだった。

「わぁーっ！　コレクト！　行っちゃダメだしっ！」

「クエクエクエーッ！」

目をハートにしたコレクトが、火の鳥目掛けて飛び立とうとするのをジュノーが止める。

「おいおい……」

「まあ、確かに美しい火の鳥だから、コレクションピークが反応するのも頷けるわね」

「そうなんだ……」

火属性魔法を使うイグニールが美しいと評すなら、本当に美しいんだろうね。

俺の目には、なんかすごいとしか映らないけど。

しかし生き物ではなく魔法だぞ、それでいいのかコレクトよ。

「あそこまで完璧に作り込むなんて、彼女はかなりの使い手よね」

「へぇ、イグニールから見てもすごいんだ？」

「ええ、私じゃあんなに細かな造形は無理かなあ……？」

シヴィアのように、イグニールも指先から火を生み出して何かを形造る。

……なんだろう、丸い何かに顔がついているってのは理解できた。

俺の見立てではあれに見えるぞ、ゴロンだ。

丸い岩とか石に擬態する石の魔物である。

「わかった、それゴロンでしょ？」

「……クマよ」

「……ごめん」

「いいの、器用なことって昔から苦手だったし……そういう性格だし……」

口ではいいのと言っているが、すごく気にして落ち込むイグニールだった。

ほ、本当にごめんな。

「とりあえず今はショーを楽しもう！」

「うん……」

さて、シヴィアの出番が終わったら、次は双子揃って氷と炎の演舞となった。

ステージの上が氷によってキラキラ輝く銀世界になり、その中を火で作られた小動物たちが双子と一緒に踊る。

熱気で氷が溶けて蒸気になり、それが再び凍って結晶になり、スポットライトの明かりが蒸気や結晶によってキラキラふわふわ。

今まで以上に幻想的な空間が作り出され、双子の美しさも倍増していた。

「ははっ、すげぇ……」

まだショーは序盤だというのに、開幕から度肝を抜かれてしまった。

釘付けになってしまった。

「ホットサンド溢れてるわよ」

「あ、やべ」

イグニールが肩を突きながら教えてくれる。

飯を食ってることすら忘れてしまうほどに見惚れてしまうとは、不覚。

お次はなんだろう。

いつの間にか、司会の煽り文句を待ちわびている俺がいた。

もっともっとと欲しがっている俺がいた。

「あ～……つまんね～……」

……あ？

なんか隣の席から雰囲気台無しぶち壊しの声が聞こえてきたんだが？

横目でチラ見すると、隣のボックス席に家族連れがいて、少年が一人つまらなそうに座っていた。

無視だな、無視無視。

こういう場所には、来るのが本意じゃなかったからって台無しにする一言をうっかり呟いてしまうバカが絶対に一人はいるもんだ。

子供は飽きっぽいし、ついつい愚痴をこぼしてしまうのも仕方がないものである。

幸い、言い返しそうなジュノーは、コレクトの上に乗って上空から見物するという暴挙に出ていてこの場にはいない。

「よくそんなキラキラした目で見られるよな～？」

「……」

「こんなの子供騙しだろ～？」

「……」

「なあ、聞いてんのかよ、おっさん」

……お、おっさんって俺のことかな？

確かにおっさんだけどさ、言い方ってものがあるじゃないか。

いや待て、まだ俺だと決まったわけではない。

今、この空間には双子目当てのおっさんがめちゃくちゃいるからね。

「……はー、すげえなー」

「ぜんぜんすごくないね」

これはまずい、会話が成立してしまっているぞ。

高確率で俺がおっさんだ。

「うおー、あの従魔器用だなー、火の輪くぐりすげぇなー」

「魔物を一撃で消し飛ばすくらいすごいの見たかったのに、こんなの子供騙しだよな〜」

試しにもう一度呟いてみたのだが、食い気味に反応されてしまった。

おっさんは俺だった。

「……何かな？」

「いやなんでも」

鬱陶しいので話しかけると、クソガキはぼそっと言った。

「ただ、これ見てすげぇって言ってるおっさんってダサくねって思っただけだけど？」

……カチーン。

ネトゲでこんな煽りされたら、全体攻撃スキルで狩場をめちゃめちゃに荒らしてるぞ。

三日三晩かけてしつこく粘着を繰り返して、二度とログインできなくしてやるレベル。

でもここはリアル、そして俺はもうすぐ三十歳になる大人。

子供相手にキレ散らかすのもどうかしてるし、ここは抑えましょう。

「ぼく、とりあえずジュース飲む？」

ジュース飲ませとけば黙るだろ。

「なら俺、酒がいい！」

「ダメに決まってんだろ」

つーか親御さん、親御さんはどうした、何をしてんだ。

隣のボックス席に視線を移すと、まだ幼い乳飲み子を夫婦で囲ってあやしていた。

あれか、親に構ってもらえなくて癇癪《かんしゃく》を起こしたんだな？

「ま、勝手に注文してもバレないんだけどな、父さんも母さんも妹ばっかりだし」

ビンゴォッ！　そんなに寂しいのかクソガキ！

だが察してちゃんばかりやっててても親は見てくれないぞ、アピールしろや。

という心の声を俺は押し殺した。

「お酒は二十歳になってから」

「そんなの知らないよ。友達だってみんな飲んだって言ってんだし、いいじゃん！」

友達がやってるからやる、子供あるあるだな。

みんな同じじゃないとハブられる。

なんでちょっと違うゲーム持ってるだけで、すぐ仲間外れにしてくるんだろうね。

大人になった今でも、それが不思議で仕方ない。

「まったくしょうがないわね、ほら私の隣に来なさい」

対応に困っていると、イグニールが助け舟を出してくれた。

そろそろ面倒くさかったので、非常に助かる。

「飲ませてくれるのか!?」

「だーめ。とりあえずお姉さんと一緒に観ましょうね」

「えーそんなのつまんない……でもどうしても来いって言うなら行くけど……」

少年はそんなことを言いながらも、そろりそろりとイグニールの隣に座った。

これはませガキ注意報！

いや、ませガキ警報！　ませガキ警報発令だー！

「トウジ、寂しそうにしてたし、しばらくここに居させてあげてもいいんじゃない？　隣の席だから、すぐ親御さんのところに返せると思うし」

「まあ、そうだね」

まったく、イグニールが聖母並みに心の広い人で良かったなクソガキ。

「大人の女の人だあ～」

「ちょっと戯れつかないの、親御さんに言いつけるわよ？」

クソガキてめー！

「ほら、黙って観てなさい」

「はーい。ねえこのカクテル飲んでみてもいい？」

「ダメよ」

「だったら、カクテル片手に口説《くど》きごっこは？」

「口説きごっこ……？」

少年の口から出た謎のごっこ遊びに、イグニールも固まる。

「なんか流行ってんだよね。お酒を飲みながら雰囲気のいい場所で女の子を口説くのが、大人の嗜みなんだってさ」

そんな嗜み知らないぞ、俺大人なのに。

「ま、まあ……いいんじゃない……？　お姉さんで練習ね？」

ダメだよ！

何俺のパーティーメンバーを口説いてんだ！

……って子供に言うのは格好悪いよな、心の中で思うだけにしとくか。

飽きたら帰るだろ。

◇　◇　◇

「でね、ソンローが言ってたから、俺言い返してやったんだよ」

「なんて言ったのかしら？」

「お前のテクじゃ、女は落とせねえ……ってね！」

「やるじゃないセブンス、男前よ」

「へへっ」

俺の隣でグラスを持って語り合う、ませた少年セブンスとイグニール。

簡潔に結果を言うなれば、クソガキは帰らなかった。

むしろ子供社会の現状を面白おかしく話しており、俺もショーそっちのけで彼の話に引き込まれている。

どうやら、彼の通うクラスでは女の子の口説き合戦が勃発しているらしい。

「セブンスのテクニックってどんなものなのかしら？」

「こうするんだよ、イグニール」

セブンスはジュースの入ったグラスを片手に、グッとイグニールの肩を掴んで引き寄せる。

体格的に自分が寄ってる感じなのだが、そこはご愛敬。

「君の瞳は、スポットライトに照らし出された氷魔法の結晶よりも煌びやかだね」

「へ、へえ……」

くっせー！　臭過ぎるだろ、そのセリフ！

しかもつまんないとか子供騙しとか散々言っておきながら、ちゃっかり取り入れている。

ショーの初っ端で行われた、サンドラの氷魔法の演舞を取り入れてらっしゃる。

でも頭の回転力からして、ぶっちゃけこいつ天才なんじゃないかと思った。

「どう？　俺の口説き文句！」

「うーん、少しドキッとするかもね。一度はそんなセリフを言われてみたいものよ」

えっ、思ったよりも好感触だった。

「そうなんだよ。実は意外と臭いセリフの方が女の子ウケが良いんだよね」

「なかなかよく知ってるじゃないの」

俺は知らない。知らないぞ、そんな裏情報。

「こう見えて、俺はクラスいちのテクニシャンだからな！　へへっ！」

二人の会話を隣で聞いて、俺は地味に衝撃を受けていた。

同時に、なんだかわからない謎の敗北感。

なんだこの感覚は……。

俺はサンダーソールにも邪竜にも小賢にも勝った男だぞ！

「セブンス、クラスではモテモテなのね」

「まあね！」

誇らしそうな顔をするセブンスは言う。

「でも、そんなの真実の愛じゃないよ」

「そうなの？」

「うん、クラスの連中は練習台で本命は別にいるからモテたってしょうがないさ」

もう本当に恐ろしい子。

俺なんて未だに真実の愛なんてよくわからない場所にいる。

「イグ姉はモテるの？　見た感じすげぇ美人じゃん」

「ふふ、ありがとう。でも……どうかしら？」

むむむ、気になる話をしていて、ショーが頭に入らない。

「あまりそう感じたことはないわね」

「ならモテるってことだよ」

「あら、そうなの？」

「本当にモテる女は、自分のことをモテるって言わないからね」

「へ～！」

セブンスのトーク力に、なるほどと普通に感心した表情を作るイグニール。

あいつ、マジでモテ男だな、雰囲気でわかる。

どんなに臭いセリフよりも、こうして話が続くタイプが一番モテるのだ。

……子供の会話を冷静に分析して、自分と比べている自分が情けなくなってきた。

もう、ショーに集中しよう。

ゴレオの肩の上に乗ってショーを見ていたポチを、抱っこして膝の上へ。

「アォン……」

「邪魔するなって？　まあまあ、たまにはいいじゃないですかポチさん」

「オン……」

いつもだろ、と言わんばかりの視線を向けるポチである。

俺が抱っこした状態だとショーがよく見えないのか、すぐにゴレオの肩に登ってしまった。

あ、なんか悲しい。

なんだこれ、すごく悲しいぞ。

「おっさんはモテそうにないなー」

「ぐ……」

「なんていうかオーラがないって言うの？　あんまり気配りとかできないタイプだろー？」

「で、できらぁ」

おっさんの気配り術を舐めるなよ。

どんな状況でもその気になったらプライドを捨てて頭を下げることもできるんだ。

大人には、土下座という究極の気配り術があるんだよ。

「セブンス、トウジは確かにヘタレな部分もあるけど、本気になったらすごいのよ？」

俺の様子を見かねてか、イグニールがフォローを入れてくれた。

でもヘタレを肯定されているからプラマイ……マイナスなんだが……。

「へー、そんなふうには見えないけど？」

「能ある鷹は爪を隠すって言うでしょ？　実力のある人は、いたずらにそれを誇示したりしないものなのよ」

そうだそうだ！　言ってやれイグニール！

もっとも、ネトゲ以外の実力はからっきしだけどな！

「ってことは、おっさんはこう見えて実はすごく強いとか？」

「そうだよ、強いよ」

ポチたちがな。

俺が誇張する必要はない、ポチたちが強いんだ。

いつだって彼らが俺の力になってくれて、今までやってこれたんだ。

「じゃあ、おっさん弱いじゃん。自分で強いって言ってる奴は大して強くないんだぜ？」

「じゃあ弱いよ」

「……もー、どっち！　はっきりしてよおっさん！」

「えー……」

強さなんて相性とかその時のコンディションで変わってくるだろうに。

うまい具合に手の内を隠して、弱点を突くことこそ強さって感じかな。

いや、本質は然るべき時に然るべき決断を下せる奴かどうか。

「まあ、俺を召喚師や魔物使いだと仮定した時、これだけの魔物を常に召喚し続けられたり、大人しくさせていられるってところに勝手に強い要素を感じ取ってくれよ」

「それ習った！　強い魔物を従えるのは強さを認めさせないといけないんでしょ？」

と、そこまで言ってセブンスは首を捻る。

「でも、ゴーレムとコボルトと……小さな鳥と妖精って、強くなくない？」

「はは、そうかもな」

「俺だったらドラゴンとか、もっとすげぇ魔物を従えて見せびらかすけど」

「それ、さっきのモテるモテない理論に矛盾してるな」

「あー、確かにそうかも」

適当に返事をすると、すぐに自分の中で噛み砕いて理解するセブンス。

この聡明さは、やはり天才のそれなんじゃないか。

こんなふうに手がかからない子供だから、親御さんも子供が隣の席にしばらくお邪魔してるって状況を特に問題として捉えないのかもしれない。

「でも、弱い魔物を見せびらかしてるのは、どういうことになるんだ……？」

「いやいや、別に見せびらかしてるつもりはない」

「え？」

ゴレオの肩からポチを再び強制的に抱っこすると、頭をもふもふしながら言う。

「こいつらは大事な仲間で家族だから、ずっと一緒にいるってだけだよ」

「家族？」

「セブンスだって、つまらないとか言っときながら、なんだかんだこうして家族みんなでショーを見に来てるだろ？　つまらないと思うなら、来なきゃいいじゃん」

「そりゃ、みんな楽しみにしてて行こうって前から言われてたから」

「その気持ちと一緒だよ」

「へぇー……おっさん、なかなか面白い奴だね！」

「ありがとな」

「俺も、妹の世話をする父さんと母さんを見てて、大事なものがあるってすごく良いことだなって思うよ。クラスのみんなは買ってもらったものとか、色々なものを自慢してくるけど、俺はやっぱり家族と妹が大事だから、おっさんの話がよくわかった！」

「そっか、だったら今のうちにその気持ちを親に伝えとけよ」

感謝の気持ちを言える機会なんて、自分で作らなきゃ一生来ないもんだからな。

「わかった。妹も寂しがるだろうし、俺そろそろ戻るね！　つっても隣だけど！」

セブンスはぴょんとソファーから立ち上がると、隣の席に戻っていった。

そして親に妹を見てるからショーを見なよと言って子守を引き受ける。

……ええ子やん。

最初はクソガキだのませガキだの思ったけど、めっちゃええ子ですやん。

「ジュノー、コレクト、私のお膝においで」

「なんだし？」

「クエッ？」

俺がポチを抱っこするのと同じように、イグニールもジュノーとコレクトのセットを膝の上に乗せていた。

そして俺越しに隣のセブンス一家を見ながら呟く。

「家族って、いいわねぇ」

「あー、俺もイグニールももう両親がいないんだっけ」

「そうそう、天涯孤独だなんて言ったら寂しくなるけど」

「まあ、俺らにはポチたちがいるから平気だよ」

「それは……私もトウジの家族ってことで良いのかしら……？」

「あー、結婚とかしてなくても同じパーティーなんだし、みたいなもんでしょ」

少なくとも、俺の秘密を話したからビジネスライクな繋がりではないと言える。

俺がパーティーを組むのは、多分彼女が最初で最後だと思うしな。

「家族！　あたしたち、家族だし？」

「おう、もうそれなりに一緒に暮らしてるから、それでいいだろ」

「わ～、なんかいい響きかもだし～」

「あれ、ジュノーお前一応実家あるとか言ってなかったっけ？」

「ん？　そんなこと言ったっけ？」

……あれ？　言ってなかったっけ？

まあ、なんでもいいや、ダンジョンコアの家族構成とか興味ないし。

さて、色々と話し込んでしまったがショーはまだまだ続く。

みんなで、家族で楽しもうか。

第六章　優しい依頼とウザい奴

アンデッド災害に関しては、とりあえずまだ待機状態が続いていた。

元は断ったという報告はしたのだが、確認作業が済んでいないからである。

竜の爪痕の底には、特に目新しい資源もなく、ただひたすら迷路のような洞窟が続いていて徒労に終わったという報告だけした。

「あ、トウジさん、どうしました？」

昼前に冒険者ギルドに向かい依頼を物色していると、レスリーから話しかけられた。

「いや、依頼を……」

「待機命令期間なんですから、特に何もしなくてもお金は出ますよ？」

「でもなんかやってないと落ち着かないっていうか……」

落ち着かないのだ。

実は一日中、装備やポーションを作っていたのだが、ポチに掃除の邪魔だと追い出された。

コレクトを連れて外に出たものの特にやることもなく、結果、俺の足は自然と冒険者ギルドに赴いていたのである。

ちなみに、ゴレオとジュノーはイグニールの部屋に入り浸っていた。

仲の良いことで。

「トウジさん、せっかくですけど待機中ですから遠出の依頼は受けられないですよ」

「だったら依頼書を見てるだけでいいです……」

「ああ……そ、そうですか……」

俺の言葉に、乾いた笑いを漏らすレスリーだった。

なんだかバイトが休みの日に「近くを通ったんだけどさ、どう？　店の調子は？」ってわざわざバイト先に来て状況確認するバイトリーダーを見るような視線を感じる。

視線が痛いが、他にやることがないんだから仕方ないじゃないか。

「コレクト、宝探しの依頼だって。昔の大富豪が残した秘宝だってさ」

「クエー」

「コレクト、鳶と呼ばれた弓使いの履いていた靴を探す依頼だってさ」

「クエー」

「あの……街中の依頼でしたら、受けられないか聞いてきますけど……」

コレクトに話しかけながら後ろ手を組んで依頼書が貼られた掲示板を眺めていると、レスリーが気を利かせてくれた。

「マジですか？　ぜひお願いします」

俺はすぐさま飛びついた。

本当に暇を持て余しているので、塩漬け依頼でもなんでもありがたかったのだ。

なんなら下水道掃除だってやったるぞ、今の俺は。

「まったく……働き過ぎは体に毒ですよ……？」

「いやー、逆に働かなさ過ぎて毒が溜まってるんですよー」

「どういうことですか……？」

異世界に来て、俺はかなり真面目に依頼をこなしてきた。

生きるために必死だったから、という部分もある。

体に刻み込まれてしまったルーティンは、急には変わってくれないのだ。

「依頼はなんですか」

「そんな餌を前にした犬のような目をされても……そこまですごい依頼でもないですよ。あくまで街中でたまたま頼まれたって形の依頼ですし」

「ほうほう」

「本来ならば駆け出しの冒険者に任せるようなものなのですが、今回だけは特別です」

さすがレスリー、話の通じる受付嬢。

エリナも頑張っちゃいるけどなー、なんか張り切り過ぎって言うかなー？

って、今の俺にはブーメランか。

「今、サルトでは空前のペットブームが到来しているのですが、従魔契約をしたペットが一匹逃げてしまったらしいんですよ。その捜索依頼がギルドに舞い込んできました」

「へえ、ペットブームが……」

そういえば、近頃やけに従魔を連れた人たちの往来が多いと思っていた。

まあおかげでポチたちが住みやすいから願ったり叶ったりなんだけどね。

「それでそれで？」

「ち、近いです……」

「すいません」

思わず身を乗り出してしまった。

「えっとですね、捜索対象は猫です」

「猫探しですか」

「はい、猫探しです。特徴は虎のような毛並みをした雌猫で、ミニタイガーと呼ばれる種族の魔物になります」

ミニタイガー！

強いのか弱いのか、ちょっとよくわからない名前である。

「一応聞いておきますけど、危険性は……？」

「大丈夫ですよ。ペットですし、飼い主の許可がないと、従魔契約に置いて人に攻撃することは不可能となっています。従魔契約に逆らうこともない魔物です」

「なるほど、名前はなんですか？」

「ガルファングちゃんです」

ごっつ！

いや、馬鹿にしてはいけない。

名前はそれぞれなんだからね。

「とりあえず受けます」

「捜索範囲はサルト全域になっていますが、大丈夫ですか？」

「まあ、探し物は得意なんで」

そう言いつつ肩に乗るコレクトに視線を送ると、誇らしげな表情をしていた。

うむ、頼むぞコレクト。

そんなわけで、俺は依頼を受けて冒険者ギルドを後にした。

ガルファングちゃんを探しましょう。

◇　◇　◇

「レスリー、いいのか？」

「なんですか？　許可は取ってありますから、大丈夫ですよ」

「でも、あの依頼……まだ探し出した奴いないよなあ？」

「まあトウジさんなら大丈夫でしょう。依頼達成率１００％ですし」

「その１００％ってのも本当かどうかわからないけどなあ？」

「いえ、サルトでは私が担当していますし、ギリスもエリナちゃんが見てくれてますから、虚偽の報告は一切ないですよ」

「だったらそれでいいんだけど……」

「――おっと、そこの美人の受付嬢さん、どうもご機嫌麗しゅう」

「……は？」

「私はギリスから遠征で来た、新進気鋭のCランク冒険者です。カードを」

「あ、はい。ギフ……さんですね。どうしました？」

「何やら少しお困りの様子と見受けられましてね？　その依頼、私が受けましょう」

「あっ、いえ、もう大丈夫です」

「いやいやそんな、みんなの助けになることが冒険者としての責務ですから！　丁度自分の依頼も終わって暇を持て余していますから、なんだかお困りごとだと思われるこの依頼を——ふむふむ、猫探しか、簡単だな——私がやりましょう！」

「いや、だから人の話を」

「今夜中には見つけてきますよ！　そしたら、ディナーでもどうですか？　ええ、ここに来たばかりですからちょっと町の案内もしてほしいものでして、おっと、お金は私が出しますから」

「あっ、ちょっと！　……ああもう、まったく……！」

「……行っちまったな、あいつ。サルトに来たばっかりって、土地勘もないのに捜索できるわけがないだろうに」

「……それもそうですが、あいつが……あー、少し面倒なことになりそうな予感が……」

「どうした額を押さえて、頭痛薬飲むか？」

「いえ、大丈夫です。まあ、トウジさんなら上手くやるでしょうし……」

◇　◇　◇

「さて、どこを探すか……まあ、コレクトがいれば大丈夫だな」

「クエッ」

任せろ、と俺の肩の上で胸を張るコレクトである。

普通の人が、サルト全域を捜索するのは骨が折れるよな。

そこそこ横にも広いが、問題は高低差だ。

山肌に作られた都市は、かなり建物が入り組んでいて抜け道もたくさんある。

コレクトがいなかったら俺は依頼を受けていなかっただろう。

「一応当たりだけでもつけとくか」

マップを見ながらガルファングちゃんが隠れていそうな場所に当たりをつけようと思っていたら、コレクトが急に動き出した。

「クエッ」

「ん？　どこに行くんだ？」

すでに気配があるのならば、俺が下手に予測するよりもコレクトの能力に従って動いた方が効率がいい。

俺はマップを閉じると、コレクトに全て先導してもらうことに決めた。

「よし、ガルファングちゃんを探しにレッツゴーだ、コレクト！」

「クエーッ！」

傍から見たら、鳥さんを追いかけているいい年こいた大人である。

でも、依頼中だからしのごの言ってらんないね。

「ママー、あのおじさん、鳥さんをずっと」

「しっ、見ないの！」

……見ないでっ！

フードを目深に被ろうと思ったが、コレクトの飛行速度が思いの外速くて被れない。

被った端から、空気抵抗で俺は顔面を晒すはめになっていた。

「コレクト！　ちょっとスピードダウンして！　ちょっと！」

「クエーッ！」

張り切り過ぎだっつの、通行人にぶつかったら危ないでしょうが！

それからコレクトの導きに従ってサルトに西門付近にまでやって来た。

サルトは山の斜面に沿って作られた大都市。

麓の西側に行くに連れて、平地が多くなる。

西門から中央までの大通りはよく通っていたが、こうして西門付近の住宅街を歩くのはなんだか新鮮な感覚だった。

「クエッ」

コレクトが何かを感じ取ったように鳴く。

「この辺か？」

「クエ～」

その反応、どうやらこの辺っぽい。

やはりコレクトはすごいな、最速で依頼完了の可能性もあるぞ。

「よし、猫が好きそうな場所を探すか」

「クエー」

俺はしゃがんで路地裏を覗き込み、コレクトは上から俺の目が届かない場所を探す。

もし野良猫に混ざってどこかで集会とか開いていたら、なんとも可愛い光景を見られそうだ。

ちなみに、野良猫といってもこの世界ではちゃんとした魔物だ。

ただ森に棲むか棲まないか、レベルが高いか高くないかの違いでしかないらしい。

あとは人慣れしてるかしてないか、ってのもある。

「ガルファング～？」

「クエ～？」

少し狭いところにも体をねじ込んで確認していく。

「ママ～」

「しっ！」

「……」

やっぱりこの依頼、キャンセルしようかな……。

なんか心が挫けそうになってきた。

知らん奴にはなんと言われようが適当に受け流せるけど、純粋無垢な少女の視線は少し心に刺さるものがあったのだ。

「コレクト、まだ見つからない？」

「クェェ……」

俺の肩に戻って来て首を横に振るコレクト。

この付近にいるはずなんだけど、最後のひと押しが足りなかった。

「うーん……」

いつもはドンピシャであらゆるものを発見してきたコレクトも見つけ切れない、か。

ガルファングちゃん、もしかしたら厄介な事件に巻き込まれているとか？

「まあ、なんらかの阻害があるってことは確かかな？」

「クエ」

俺の言葉に、コレクトは首を横に振って反応した。

どうやらそうではないらしい。

細かい話を聞くために、一旦図鑑に戻すことにした。

《主様、そもそも価値の高い物がなんとなくこの辺にあるのかなって導かれる能力だから、正直生物探しには向いてないス》

「ふむ、そりゃ新事実だ」

こうしてまともに対話をするのは何げに初めてだからな、この際コレクションピークの能力について色々と聞いておいてもいいかもしれない。

《一応、価値が高い、とご主人様と俺が相互に思うことで、今まではそれなりに機能してきてたんス。候補の直感が何本も存在していて、そこから可能性の高いものを選りすぐっていくことで見つけ出すんス。そこはセンスっス》

「なるほどね」

ドンピシャで見つけることは本来難しく、今まで見つけられていたのは単純にコレクトの努力の賜物だったようだ。

ありがとう、コレクト。

《俺たちは潜在意識でご主人様と繋がってるんス。だからこそ、俺はご主人様の欲してる物がわかるんス。ちなみに、ポチさんに情報を流して夕飯の献立を考えたりすることがここ最近の主な用途

なんス》
「マジか……」
俺の知らないところで、コレクトの能力がフル活用されていたとは……。
なんだよ、俺が食べたいなってふと思った料理をポチはいつも作ってくれて、ポチ神かよなんて思っていたら、実はそんなカラクリがあったのか。
《主様、俺らをいつも大切に思ってくれている気持ち、いつもマジでビンビンスよ。ちなみにイグニールさんにも主様はビンビ――》
「もういいもういい。とりあえず、ガルファングちゃんを探す手立てを考えよう」
《了解ス。主様が強く思い描くことで、俺の能力にも影響があるんス》
「つまり、見つけたいって意思があれば、俺が心に欲すればコレクトの中で価値が上昇して、ガンガン能力が反応するってこと？」
《そうス》
なるほど、ガルファングちゃんが今いち見つからなかったのは、俺が片手間依頼だしと軽く考えていたからだったのか。
アマルガムが見つからなかったのは、別の物質とアマルガムが混ざり合ってゴーレムになっていたから、なかなか位置を補足できなかったというわけである。
「よし……俺、真心込めてガルファングちゃんを探すよ」

「クエッ」

再び召喚したコレクトにそう告げると、俺は全身全霊でガルファングちゃんのことを考えた。


ガルファングちゃん欲しい。ガルファングちゃん欲しい。

ガルファングちゃん欲しい。ガルファングちゃん欲しい。

ガルファングちゃん欲しい。ガルファングちゃん欲しい。

ガルファングちゃん欲しい。ガルファングちゃん欲しい。

ガルファングちゃん欲しい。ガルファングちゃん欲しい。

ガルファングちゃん欲しい。ガルファングちゃん欲しい。

ガルファングちゃん欲しい。ガルファングちゃん欲しい。

ガルファングちゃん欲しい。ガルファングちゃん欲しい。


「ブッブッブッブッ……ガルファングちゃん……ブッブッブッブッ……」

「ま、ままぁ～！」

「ダメ！　見ちゃダメ！　近づくのもダメ！」

……くっ、思わず吐血してしまうかってくらい、胃にダメージが入った。

ガ、ガルファングちゃん早く見つかってくれ。
「クェェエエエエエエ！」

俺の気持ちが通じたのか、コレクトがすごい鳴き声を上げて飛び立った。

見つけたかコレクト！

俺はコレクトを追って全力で駆け出した。

◇　◇　◇

祈りが通じて、ガルファングちゃんは見つかった。

しかし、少しややこしい場面に遭遇してしまった。

「次、俺の番な！」

「当てたら100ケテルね！」

住宅街の中にぽつんと存在する空き地で、壁板の隙間に子猫が挟まっている。

その子猫に向かって石を投げて遊ぶ子供たちと、子猫を庇う虎柄の猫。

あれ、絶対ミニタイガーのガルファングちゃんだよな？

「フシャー！　フシャー！」

容赦なく投げつけられる石を体で受けて、ガルファングちゃんは子猫を守っていた。

「やめようよ、かわいそうだよ」

威嚇《いかく》するガルファングちゃんを見て、はらはらしながら止めようとする女の子。

だが、男の子たちは止まらずに、むしろ得意そうに石を投げつける。

「まあ見てろって、へへ、百発百中させてやっから！」

「ソンロー、弓スキル持ってるんだっけ？　ずるいよ！」

「バーカ、使わなくてもよゆーだよ、よゆー」

チッ、悪ガキどもめ、女の子が見てる前でなんつー悪趣味な遊びをしてんだ。

いるよな、好きな女の子の前で強がって逆に引かれることをするタイプ。

「まったく、げんこつかますか？」

いや、手加減をミスると死なせかねないので手を出すのは止めておこう。

「とりあえず石を投げつけるのだけは止めさせるか」

「クエッ」

注意しようと前に出ると、肩に乗ったコレクトが翼で俺の視界を塞いだ。

「うおっ、な、なんだよ？」

「クエエ」

翼で器用に「見ろ」と言わんばかりに空き地の反対側の入り口を指す。

暖簾のように翼をかき分けて目を向けると、どこかで見たことのある顔をした子供が、険しい顔つきで悪ガキたちの元へと歩み寄っていた。

「お前ら、白昼堂々何やってんだ？」

「セブンス、お前何しに来たんだよ。呼んでねぇよ」

そう魔術芸団で色々話したセブンスくんである。

セブンスは、鼻で笑いながら言い返した。

「呼ばれても来る価値ないね」

「なら帰れよ！　関係ないだろ！」

「関係ない？　胸糞悪いものを見せられたこっちの気持ちも考えろよ」

「セブンスくぅん」

女の子が目を輝かせながらセブンスの方へと駆け寄り、彼の背中に隠れた。

それを見た悪ガキたちは舌打ちする。

「ダセェな、お前ら」

「あ？　なんだよてめー」

「お前ら、猫をいたぶる姿を見せられて、女の子が喜ぶとでも思ってんのか？」

セブンスは転がっている石を拾って、さらに続ける。

「投げつけられる立場とか、見せつけられる立場になって少しは考えてみろよ」

「う、うるせぇ！」

「黙れよセブンス！　女の前でだけいい格好しやがって！」

「ソンロー、マファミ、言っとくけど俺は別にいい格好なんて」

「うるせぇ泣かす！」

ど正論を並べられた悪ガキたちは、我慢できずにセブンスに殴りかかろうとする。

これはまずいな、暴力沙汰だけは勘弁だ。

スマートなセブンスに比べて、悪ガキたちはそこそこ恰幅が良い。

良くない結果が目に見えていたので、クイックを使って止めに入ろうとしたその時。

「こら！　お前ら！　何やってんだ！」

セブンスが来た方向から、また別の誰かが空き地に入って来た。

今度は誰だと思っていると、再び見知った顔である。

「女の取り合いか？　まったくガキのくせして一丁前だな！」

ギフだった。

……そういえばギリスを発つ前に、エリナからトガルにいるって話を聞いたような。

さすがにトガル首都から真逆のサルトまでは来ないと踏んでいたのに、すごい偶然だ。

「だが、寄ってたかって殴るのは良くねーぞ！」

「…………」

大人の出現で威勢の良かった悪ガキたちは、沈黙して俯いてしまった。

「……ほっ、助かった」

「セブンスくぅん」

殴られることを覚悟していたセブンスもホッと胸を撫で下ろす。

「まったくもう……って、おいおい……」

俯く子供たちを見て大きなため息を吐くギフだが、急に険しい顔を作り始めた。

挟まった子猫と、それを守るガルファングちゃんの周りに石がいくつも転がっている状況を見て、色々と察してしまったらしい。

「おい悪ガキども……」

ドスを利かせた声に、子供たちがビクッと体を震わせた。

「まさか、野良猫に石を投げる順番で喧嘩してたって言わねえだろうな……？」

んなわけねーだろ！

最初の女の子の取り合いは、百歩譲ってそう見えてしまうのも仕方がない。

どこに目をつけてんだあいつは……見えてる景色が根本的に違うのか……。

「おい、答えろ悪ガキ！」

「こ、こいつが投げ始めたんだよ！」

「そ、そうだよ！　俺たち止めたんだけど、女の子にも無理やり投げさせようって！」

「なっ!?」

責任を全てセブンスに擦り付ける悪ガキたち。

さすがのセブンスも、これには言い返す。

「何言ってんだ！　止めたのは俺の方だろ！　嘘ついてんじゃねーよ！」

「うるせぇ！　お前が先に投げてただろ！」

「石持ってんじゃん！　それが証拠だ！」

「あっ⁉」

しまった、と歯噛みするセブンス。

これは運が悪いな。

だが巻き返すチャンスはあるぞ、証言してくれる存在がいるからな。

「違うよ！　嘘つくの止めてよ！　セブンスくんは止めてくれ――」

「――あーもう、はいはい、言い争いはそこまでだ」

せっかく女の子が状況を説明しようとしてくれたのに、ギフは全く聞かずに話を止めた。

「このクソガキには俺がげんこつをかましとくから、お前らはとりあえず家に帰れ」

そう言われた悪ガキたちは、セブンスたちを残して逃げるように帰っていった。

最悪だ。

面倒なのはわかるが、大人ならしっかり話を聞いた上で判断しろよ。

お前みたいな大人がいるからな、子供が大人を信じなくなるんだ。

「おっさん、途中から来て話も聞かずにげんこつかますって、何考えてんだよ」

「おっさ……おいこらクソガキ、お前の悪事はわかってんだぞ」

子供の将来を嘆いていると、セブンスとギフの言い争いが勃発していた。

「……もう何を言っても通じなさそうだな、このおっさん」

「いい加減にしろ！　大人を馬鹿にしやがって！」

子供相手に大声を張り上げるギフである。

もう本当に何やってんだあいつ……。

「ミニはもう帰ったほうがいいよ、あとは俺が話をつけとくから」

「セブンスくぅん！　でもぉ……」

「心配するなって、俺は大丈夫だから、また明日な？」

「わかった！　また明日ね！」

「もうあいつらに誘われてもろくなことないから遊ぶんじゃねーぞ！」

「うん！　うん！」

眩《まばゆ》いばかりの笑顔で頷いて、走り去っていく女の子。

そんな去り際をセブンスは満足そうな目で見送っていた。
イ、イケメン過ぎる。
セブンス、お前は本当にイケメンだな！

「で、げんこつするの？　それでおっさんが満足するなら、すればいいじゃん」

セブンスは、ギフを見上げながらそう言い放った。

「世の中には、怒らせていい相手と悪い相手がいるってことをお兄さんが教えてやるよ」

「教わることなんて何もないよ」

「二度とその減らず口を叩けなくしてやるぞ！」

「うぐっ……あとで助けてやるからな」

「ニャァォ……」

ギフに襟首を持ち上げられたセブンスは、苦しそうにしながらも猫たちを心配する。

それがさらにギフの神経を逆撫でしたのか、奴の額に青筋が浮かび上がった。

あ、そうだ猫だ。

セブンスが眩《まぶ》しすぎて、すっかり猫のことを忘れていた。

「……ポチかもん」

とりあえず家で掃除をしているであろうポチを再召喚して呼び出す。

肉球マークの付いたエプロンと三角巾に、ハタキを持ったポチが姿を現した。

「アォン？」

キョロキョロと周りを見渡した後、ポチはすぐに俺をジト目で睨む。

「まあ、そう睨むなって」

「アォ……」

手早く事情を説明したら、ポチも渋々納得してくれたようだった。

ではすぐに行動に移そう。

まずはコレクトとポチで、ガルファングちゃんの捕獲と子猫の救出。

そして俺はセブンスの救出だ。

「大人を舐めるなクソガキィ！」

クイックを使って移動すると、今まさに拳を振り下ろそうとしていたギフの腕を掴む。

「な!?　誰だ――って、テメェは!!」

「お前さ、それはさすがにダメだろ？」

確かに、悪ガキにげんこつをかましたくなる気持ちはわからんでもない。

だが、全ての事情を聞いた上で判断しろってことだ。

「あっ、この間のおっさん！」

俺の顔を見たセブンスが驚く。

「とりあえずギフ、苦しそうだから降ろしてやれよ」

「……なんでテメェに指図されなきゃいけねぇんだ」

「降ろせよ」

ギフの腕を掴み上げた手に力を込めると、ギフは苦虫を噛み潰したような顔でようやくセブンスを降ろした。

「こ、これでいいだろ」

降ろされたセブンスは、喉を押さえて咳き込んだ。

かなりキツく絞められていたみたいである。

よく我慢した。

「よっ、全部見てたけど格好良かったぞ」

「……見てたんなら最初から助けに来てほしかったんだけど？」

「ぐっ」

返す言葉もありません。

セブンスのイケメンシーンに思わず感動して目を奪われてたんだ。

「なんだ？　テメェの知り合いか？　クソはクソ同士でつるむのがお似合いだな！」

俺とセブンスが話しているのを聞いて、ギフが悪態を吐く。

カチーン、ちょっと頭に来てしまった。

俺はクソ呼ばわりされても構わないが、セブンスをクソ呼びするのは許さない。

「……はあ、セブンス」

「なに？」

「おっさん、ちょっとこいつと話があるから先に帰ってくれる？」

ていた。

「あー……猫の傷だけ確認しておきたいんだけど」

「問題ないよ、ほら」

俺の視線の先には、ポチが猫たちを救出し、持たせておいたポーションで回復まで済ませてくれていた。

その様子を見たセブンスは「おっさんの従魔すげぇ……」と呟いていた。

「おい、ガキは降ろしただろ、いい加減に手を離しやがれ！」

離すと面倒なので、そのままギフを捕まえたままにしておく。

まったく、トガルに来ても話をややこしくするとは、もはや才能だな。

「ポチ、子猫はそのまま逃して、ガルファングちゃんだけ捕まえといて」

「アォン」

「おい！　聞いてんのか！　無視してんじゃねぇ！」

うるさいな。

「話は後で聞いてやるから、今は黙っててくれよ」

「くそ！　このっ！　なんで振り解けねぇんだ！」

ギフは掴まれた腕をなんとかして振り払おうとするのだが、徒労に終わる。

掴みつつ、こいつのレベルを確認したのだが、まだ48レベルだった。

90レベルを超え、強化された装備に身を包んだ俺とのステータス差はかなりのもんだ。

手首を握りつぶされないだけ、ありがたいと思ってほしくらいである。

「おっさんって……おっさん本体も強かったの……？」

そんな俺とギフのやりとりを見ながら、困惑した表情を作るセブンス。

「弱いよ、雑魚だよ」

「……そんなふうには見えないけど……って、これもしかしてバタバタしてるダセェおっさんがもっと弱いってことか！」

「そういうこと」

正解だけど、セブンスはもう少し口の利き方とかに気を使った方がいい。

ナチュラルに煽り散らかしてると、いつか必ず痛い目を見る。

「テメェ！　おいクソガキ！　誰が弱いって⁉　ああ⁉」

声を張り上げて吠えるギフだが、ジタバタしているだけに格好がつかない。

そんなギフを見ながら、セブンスは腹を抱えて笑っていた。

「ぷくくっ、だっせ！　やっぱダセェよお前、絶対モテないだろ！」

「このクソガキャァアアア！」

「セブンスも余計に煽るな。そういうことは心の中で思ってても言わない方がいいんだよ」

「わかった。あんまり言うと、このダサ男と一緒だからね。弱い犬はよく吠えるって言うじゃん、俺はそうなりたくないから黙ってるよ……ぷくくっ」

その一言がダメなんだが、まあ後々覚えていくだろう。

「このっ！　クソガキ、テメェだけは許さねえ！」

「わっ⁉」

本気で我慢ならなかったのか、ギフは俺に腕を掴まれている状態にもかかわらず、体をピーンと伸ばして無理やりにでもセブンスを蹴りにかかった。

かなり本気の蹴りで、今のセブンスだと死にかねない一撃。

「ギフッ！」

俺は思いっきり腕を引っ張りつつ、コレクトからゴクソツに切り替えて攻撃を受けさせた。

ズモッ！

甲冑を身につけたゴクソツの股間に、ギフの渾身の蹴りが炸裂する。

凶悪なゴクソツの顔が、一瞬だけ恍惚としたものに変わり、すぐに鬼の形相に戻った。

「ぎゃあああああああああ‼」

いくらどMでもさすがに股間はまずいか、大丈夫かゴクソツ、と心配していたのに、悲鳴の主はなんとギフだった。

ゴクソツの反射が発生して、蹴り足が変な方向にグニャリとへし折れている。

ＳＴＲが高くて、ＶＩＴが低い結果かな、これ。

「ああああああ‼」

「ゴッフゴッフ!!」

足を押さえてのたうち回るギフと、股を押さえてぴょんぴょん跳ね回るゴクソッ。

……もう、なんだよこれ。

「はあ……面倒だなあもう……」

役目を終えたゴクソツを図鑑に戻すと、泡を吹いて失神するギフが残された。

ちょっと失禁もしてるし、相当な痛みを伴っていたことが想像できる。

「う、うわぁ、足ってこんな曲がり方するんだあ……」

「あんまり見んなよ」

「へ、平気だよ」

その割には、腰が引けて顔は真っ青になっていた。

「あっ、そうだ……おっさん、その……」

「なに？」

「えっと……助けてくれて、ありがと」

改まってお礼を言うのが恥ずかしかったのか、少しモジモジする姿は年相応だった。

「うん、どういたしまして」

そんなセブンスの様子を微笑みながら見ていると、俺の反応でさらに恥ずかしくなったのか、顔を真っ赤にしてしゃがみ込んでしまった。

「もー！　気持ちはしっかり伝えろっておっさんが言ったんだろー！」

「え、そうだっけ？」

「うわっ、俺だけ覚えてるとか……なんだよもー……」

「なあ、セブンス」

俺は彼の前にしゃがんで目線を合わせると、頭にポンと手を乗せる。

わしわしと撫でてやりながら、鬱陶しそうにしながらも笑うセブンスに告げた。

「最初から見てたけど、本当に格好良かったぞ」

「マジで？」

「うん、思わず俺も見惚れてしまうくらいに、な！」

「はは、おっさんに惚れられても嬉しくねー！　けど……」

「けど？」

「褒められるのは悪くない……かもね！」

「なんだよ、かもって。褒められたら素直に嬉しがれ」

「ならイグ姉に褒められたいなー」

それはダメだ。

でもきっと、俺と同じようにイグニールだって褒めてくれただろう。

俺がセブンスくらいの年齢の時は、見て見ぬ振りをして関わろうとしなかった。

その前にまず外に出ない、自分で言ってて悲しくなってきた。

「そうだ、おっさん」

「ん？」

「おっさんの名前、教えてよ」

「トウジでいいよ」

セブンスは、ポチが抱えるガルファングちゃんを見ながら尋ねる。

「ならトウジ、あの猫どうするの？」

「逃げ出したペット捕獲依頼の対象だから、ギルドに持ち帰って持ち主に返すよ」

「そっか……」

少し残念そうにしながらセブンスは言う。

「その猫さ、実はちょっと前からこの辺に棲み着いてて、親に内緒で俺がこっそり餌とかあげてたから……寂しいなって」

ガルファングちゃんが長らく見つからなかった真相は、セブンスのせいだったのか。

「ダメだぞ、人の家のペットだから、ちゃんと飼い主に返さないと」

「うん……首輪ついてるからわかってたけどさあ……」

次に、ポチの足元に来てガルファングちゃんを返して返してとか弱い鳴き声を上げる子猫を見ながら話を続ける。

「この子の親猫、馬車に轢かれて死んじゃったんだよ。で、ずっとここで母親の代わりをしてあげてたみたいだったから、離れ離れにしちゃうのは嫌なんだよお……子猫が育ったらちゃんと飼い主には返すつもりだったんだ」

「そっかあ」

この依頼は、セブンスとガルファングちゃんの優しさから生まれた依頼だったんだな。

そう思うと、なんだか心がほっこりした。

「でも、依頼は依頼だから飼い主のところに連れて帰るぞ」

「血も涙もねー！」

「それが大人なんだ。おっさんになればわかる」

「だったら子猫も一緒に連れてってくれないかな？　トウジ、お願いだよ」

「ええ……」

立場的には下請けみたいなもんで、俺にはどうすることもできない。

ガルファングちゃん自体、ギルドに渡して、ギルドから飼い主の手に戻る。

一緒に子猫をお願いします、だなんて言えないのだ。

「お前ん家で飼えばいいだろ」

「うちは妹が小さいから飼っちゃダメだって言われたんだよ。飼ってよかったら飼ってるし、その虎猫も飼い主に返してあげてたよ」

「だよなあ」

意外としっかり考えている少年だった。

こっそり家の近くで飼うことも考えたが、バレた時のことも考えてこの空き地の裏のスペースにしたそうだ。

ここなら夕方まで遊んでいても、誰からも何も言われることがないかららしい。

「まあ、とりあえずダメ元でギルドに聞いてみるけど、保証はできないぞ？」

「トウジは飼えないの？」

「うーん、手一杯かな……」

申し訳ないが、これ以上は俺の手に余る。

ギリスに戻ったら冒険者として活動を再開するので、世話も難しくなる。

かと言ってマイヤーに頼むのも、学業の邪魔になると思ったからダメだ。

え？　ストロング南蛮とか放置気味に飼ってるだろって？

あいつは無駄に逞しいからいいんだよ。

こんな可愛い可愛い子猫をダンジョン部屋に残して寂しい思いをさせるのはダメだ。

「お互いに離れたくないって言ってるけど……やっぱり仕方ないかあ……」

少し諦めたように、セブンスは「これが大人の世界かあ」と呟いた。

いや、違うけど違わない。

なんと言ったらいいんだ、とにかくなんとかするよ。

「そう悲しむなって、俺も手を尽くすから」

「ほんと？」

「うん、やるだけやってみる。とりあえず子猫の方も一旦預かるぞ」

「うん！」

ようやくセブンスの顔に笑顔が戻った。

「ミーミー！」

「フシャー！」

「アォン……」

大変だ、互いに離れたくない猫二匹に挟まれたポチがそろそろ厳しそうだ。

今までご苦労さん、あとは俺が抱っこするよ。

「ねえ、ギルドに行けば子猫のことは聞けたりする？」

「たぶんね。あんまり期待はするなよ？」

「わかってるよ。あとさ、このダサ男はどうするの？」

「……そいつも連れて行く」

放置したら放置したで、後々面倒臭そうだからね。

「おっさんの世界って大変なんだなあ」

「そうだよ、大変だよ」

大人になればなるほど、大変なことが増えていくような気がする。

子供の頃はあんなに無邪気に笑えていたのに、ね。

「よし、いくぞポチー」

「アォーン」

◇　◇　◇

猫二匹を抱えつつ、気絶したギフをゴクソツに担がせてギルドに戻ると、ギルド内が騒《ざわ》ついていた。

大所帯で目立つのは予想できていたので、特に気にすることなく受付に座るレスリーの元へと向かう。

「お、お疲れ様です」

「依頼のガルファングちゃんです」

「あ、どうも」

予め用意していたのだろう、ペット用のケージを受付テーブルの上に出しながら、レスリーは気不味そうな表情をゴクソツが抱えるギフに向けていた。

「あの、そちらは……」

「ああ、ちょっと行きずりで」

「何故、気絶しているんですか？」

「色々とあったんですよ……」

長々と話をする気にもなれないが、とりあえずの状況説明をざっくりしておくことにした。

ついでに、ガルファングちゃんの飼い主が子猫も飼ってくれないものかと交渉もしておく。

約束したからね、一応。

「レスリーさん、ガルファングちゃんが見つからなかったのは、母親を亡くした子猫を育てるためだったんですよ。子猫も一緒に連れて来なければ、ガルファングちゃんはテコでも動かないレベルだったんですよ」

「は、はあ……」

「だから、お願いできませんかね？」

セブンスの件はそれとなく適当にぼかしておきながら、レスリーに尋ねてみた。

だが彼女は「それは……」と言葉を濁しながら厳しい反応を見せる。

「申し訳ありません、ギルドの職務外になりますので……」

「ですよね」

そう言われてしまえば、俺に食い下がる手段なんてない。

ギルドはペットショップではないのだから。

「引き取り手を依頼で探すっていうのは、可能ですか？」

ギルドは依頼を出す場所だ。

「利点がありませんね……大人しく従魔を取り扱う商会に預けるしかないと思います」

「ですよね」

そりゃそうだ。

依頼でお金を払って飼ってもらう、なんてことにはならないらしい。

ギルドの契約形式だと、面倒を見てもらうためにお金を継続して支払う必要が出てくる。

そこまでするとなると、従魔専門の商会に連れて行く方が手っ取り早いのだ。

「確かペットショップって、売れなかったら処分もあり得ますよね……？」

「そうですね」

それじゃダメだ、約束が守れない。

「トウジさん、特別です」

「む？」

どうしようかなと悩んでいると、レスリーは言った。

「子猫は、私の方で少しお預かりさせていただいて、個人的に飼い主を探そうと思います」

「えっ！　いいんですか！」

願ってもみないことだった。

最終的にはガレーとノードに押し付けるつもりだったのだが、それだとあいつらの冒険者稼業の邪魔になってしまいかねないので決断に苦しんでいたのである。

「本当に任せてもいいんですか？」

「ええ、実はこの依頼、少しトラブルがあってダブルブッキングまがいのことになってしまっていたのですが……大きなトラブルになる前に、トウジさんがあの方を連れて帰ってきてくださったので、私の首が飛ばずに済みました」

レスリーはそう言いつつ、ゴクソツの抱えるギフに冷たい視線を向けた。

「何があったんですか？」

「トウジさんが依頼に向かった後、ギフさんが押し入ってきて、なんの話も聞かずに依頼書だけを持ち去ってしまったんですよねえ……ハハハ、私にあるまじき失態です」

「そんなことがあったんですね」

話を聞かない男ギフのことだから、やりかねない。

受付をナンパしながら颯爽と飛び出したは良いが、猫探しどころか子供の喧嘩に口突っ込んでかき乱して、煽られてゴクソツの反射で自滅。

なんだこいつ、本当に何がしたいんだ。

「未然に防げなかったというより、トウジさんならなんとかしてくれると、トウジさん頼りにしてしまっていたことへの反省も含んでいます」

「ま、まあ……丸く収まったんで大丈夫ですよ」

レスリーのおかげで、子猫の引き取り手問題も解決しそうだしね。

「そうだ、一つ良いですか？」

「はい、なんでしょう」

気になることがあったので、聞いてみることにした。

「勝手に依頼書をギルドから持って行っちゃうのって、ありなんですか？」

「ダメです」

「ほう……つまり……？」

「一部例外があって、受付との連携が取れている場合は内々で受理しておくことができたりもするのですが、特にそんな仲でもないですし、話を聞く限り冒険者として、いや大人としてあるまじき行為をしていたようなので、容赦なく罰則規定の適用となります」

適用となりますの後、レスリーはボソッと「いいえ、します」と呟いた。

こ、怖い。

罰則内容は期間を定めた報酬減少のペナルティもしくはランク降格処分。

レスリーのセリフから察するに、一番重たい処罰になりそうな気がした。

子供に手をあげようとするから、天罰が当たったんだな。

「ともかく、では子猫も今のうちに譲り受けておきますね」

「はい」

話が逸れて抱っこしっぱなしだったので、さっさとレスリーに渡す。

離れ離れになるのがわかったのか、ガルファングは俺に爪を突き立てた。

「フシャー!」

痛くはないのだけど、心が痛かった。

「ミーミー……」

子猫の方も離れたくないようで、さっきから一生懸命鳴き声を上げている。

もうだめ、泣いちゃいそうだ。

「ガルファング、落ち着いてください。良い子だから。子猫ちゃんには何もしませんよ」

「フシャー!」

「ダメですね、興奮しきっています。ですが依頼は依頼なので心苦しいですが……」

レスリーは暴れるガルファングをさっさとケージに入れて蓋をした。

そのまま裏に持っていき、新しいケージを持ってくるとそこに子猫を入れる。

「ポチ、なんとか説得できなかったのか?」

「アオン」

できたら最初からやってる、とのこと。

「まあ、時間が解決するだろ」

「アォン」

なんとも言えない気分になりながら、依頼は完了となった。

レスリーには、後で子猫とセブンスの関係を話しておこう。

すごく子猫を気にしていたから、ギルドまで訪ねてきたら優しく迎え入れて、子猫の状況を教えてやってほしいってね。

閑話　初めての牛丼と元小賢の決意

昼下がり、太陽が眩しく照らすサルトの大通りを歩いていると、今まで私のやってきた行動が、いかに罪深い行動だったのかを理解できる。

まるで長い夢を見ているかのような、そんな数ヶ月だった。

まさに悪夢と言って良いほどの数ヶ月だった。

心の中には未だに後悔する気持ちが燻っていて、それでいてあの時彼が言った『生きて償えよ』という言葉が突き刺さり、なんとか均衡を保っている。

何故こんなことになってしまったのか。

理由を挙げれば、きりがない。

最愛の同胞を、最愛のチビを、勇者に無残に殺された私には、自らの魂を売り渡しても叶えたい願いがあったのだ。

「ギャオッ」

「物珍しいか？　フフ、街をゆっくり見るのは初めてだし、それも仕方ないか」

私のすぐ側をパタパタと飛び回り、大通りに並ぶいろんな店に興味を示す小さなドラゴン。

……救えて良かった。

チビの楽しそうな表情を見ていると、心の底からそう実感する。

この笑顔を再び見るために、私はネクロマンサーになった。

殺されてしまったチビの体が朽ち果ててしまう前に、魂がここより遥か遠くの魔力の海に誘われ、もう二度と取り戻せなくなる前に、なんとか繋ぎ留めておかねばならなかった。

憎悪に自我を呑み込まれてしまおうとも、我を失おうとも、それだけは覚えていた。

その一点に対しては、一切の後悔をしていない。

あの時、そうしなければこの笑顔を二度と見ることは叶わなかっただろう。

反省すべき点は、自らを省みなかったこと、そしてその過程で数えきれないほどの罪を量産し背負ってしまったことである。

「……奇跡だな」

罪には罰が付き物だ。

この世の秩序を脅《おびや》かさないためにも、因果には応報というものが必ず付いてくる。

仮に私がチビを復活させようとも、恐らく彼がいなければ……二度と側でこの笑顔を見ることは叶わなかったはずだ。

実際に、私もそう心に決めて動いていた。

自分がどうなろうと構わない、ただチビを救いたいという一心で動いていた。

目的を達成した後は、チビをどこか遠くの安全な場所に置き去りにして、そのままネクロマンサーとしていつかは討伐されていただろう。

こうして太陽の下を愛する存在と歩けるのは、本当に奇跡だった。

『——痛み分けだよ』

闇の底から私を引き摺り出してくれた彼の言葉が脳裏を過《よぎ》る。

優しい言葉だった。

彼は適当を装ってぐだぐだ理由を並べ立てているだけだとこぼしていたが、憎悪に取り憑かれたものの行く末を肌で感じていた私にはとても優しい言葉に感じたのである。

「……異世界から来た者、か」

「ギャオ？」

私の肩に止まり頬擦りするチビの小さな喉元を指でくすぐりながら、思い返していた。

因果とは、全く不思議なものである。

確か、過去の私を救ってくれたもう一人の存在――師匠も、異世界から来た者だった。

今は師匠に顔向けできないが、機会が来たら彼と会わせてみたいと思う。

師匠もきっと、まだ生きているだろうし――

「――痛っ」

考え込んでいると、何かに額をぶつけてしまった。

「……こ、これも私の背負った罪の代償だ、反省して受け入れよう」

「ギャァオ……」

ただ物思いに耽り過ぎて注意散漫になっただけだろう、とチビに言われてしまう。

否定はしないでおいた。

「……丼ものパイン？」

私がぶつかった物に目を向けると、目立つ色でそう書いてあった。

「ここがトウジの贔屓にしている牛丼屋とやらか」

「ギャオ！　ギャオ！」

店先に漂ってくる美味しそうな匂いに、チビが少し興奮している。

早く中に入れと、私の背中を頭で小突いて急かしてきた。

「わかったわかった」

ここは彼の大切な場所であり、私が命を賭して守らなければならない場所である。

いったいどんな場所なのか、実際に入って確かめてみることにした。

別にお腹が空いているわけではないので、大盛り無料はチビだけで良い。

カランカラン。

音のなるドアを開けると、店内は私が過去に見たことのある飲食店とは違っていた。

一人掛け用の席しかなく、客も独り身の男性が多い。

「はい、いらっしゃい……おっ？」

私とチビを見た店主の視線が柔らかい物へと変わる。

「待ってたぜ、ちっこい優男さんよ」

「む……？」

「ほらこっちに座んな」

言われるがままに空いてる席に座ると、店主は言った。

「食券を買う仕組みとか知らないだろって聞いてるから、今日は俺からのサービスだ」

「食券……？」

昔とは違って、飲食店の内情もかなり様変わりしてしまっているらしい。

これからもここを利用することが増えてくるはずだ。

ここは真摯に学んでおこう。

「とりあえず、一発目はオーソドックスな牛丼だな！　おっと、今日はお代はいらねぇよ」

「ありがとう」

多少の金品は持っているが、人間の使う通貨は持ち合わせていなかったので助かった。

どこかで売り払ってお金に換える前に、急かされるようにここに入ったわけだからな。

他のことをぐるぐると考え過ぎて、頭がそっちに回っていなかった……。

元小賢とは名ばかりで、この失態は恥ずかしい限りである。

「ほいお待ち！　とりあえずどっちも大盛りだぜ！」

目の前に出された牛丼は、私の見たことのない食べ物だった。

普段、知らない食べ物を口にすることはないのだが、牛丼のなんとも美味しそうな匂いは、私の脳裏に早く食べろと訴えかけているようで、口の中が勝手に唾液で一杯になる。

「うちの牛丼は、トウジさんも大好きな一品だぜ」

「ギャオッ！」

「ハハッ、いい匂いだろ？　チビだっけ？　そっちの小さなドラゴンには、食べやすいように小皿に盛ってやるよ」

「ありがとう」

チビを見ても、周りの人と違う扱いをせず、むしろ気にかけてくれるだなんて、彼と繋がる人は優しい人ばかりだ。

「いただきます」

かつて師匠が食事をする前に必ず唱えていた言葉を復唱し、スプーンで牛丼を口に運ぶ。

「……！」

「ガブガブガブガブ！」

一心不乱に食べるチビを見て、行儀が悪いぞと注意しようとしたのだが止めた。

ガッツいても仕方がないほどに、牛丼という食べ物は美味しかったからである。

これほど美味しい料理を食べたのは久しぶりで、なんだか懐かしい味がした。

彼が好きだった料理、つまりは異世界の食事によく似た味なのだろうか？

だとしたら、きっと師匠も好きな料理だったんだろう。

「そうだ、食べながらで良いんだけど、トウジさんから預かってるものがあるんだ」

「ふむ？」

そう言いながら、店主は奥から長細い綺麗な箱を持って来た。

手渡されたので開けてみると、中には一本の杖と手紙が入っていた。

〝これで守れ、効果は全て別紙に書いてある通りだから〟

手紙はたったそれだけの内容だったのだが、心の中が温かい何かで満たされる。

私は師の教えを受け継ぐように、そう言われて杖を授けてもらった。

それと同じく、彼に再び杖をもらう。

「はは……まったく、因果というものは不思議なものだ……」

彼は、トウジは優しい。

理屈をこね回してふざけているように思えて、色々なことを考えている。

なんだか師匠にそっくりだった。

「あっという間に牛丼がなくなっちまったな？　おかわりあるぜ？」

「ギャオッ！」

「……いただこう」

チビに急かされるようにして、店主の厚意にあやかる。

少食なはずだったのだが、私の胃袋はまだまだ牛丼を欲しているようだった。

任されよう、トウジ。

元小賢のウィンストが君の大切なものを守らせてもらう。

それで彼の助けになればいいと、心の底から思った。

装備製作系チートで
異世界を自由に生きていきます
1
原作:tera
漫画:満月シオン
11万部
シリーズ累計
突破!
(電子含む)
もふもふ召喚獣《ペット》と
楽しい生産ぐらし!

ネットで話題沸騰！
面白い漫画が毎日読める!!
アルファポリスWeb漫画
アルファポリスCOMICS
原作 柳内たくみ 漫画 竿尾悟
ゲート GATE 自衛隊 彼の地にて、斯く戦えり
原作 あずみ圭 漫画 木野コトラ
月が導く異世界道中
原作：秋川滝美
漫画：しわすだ
居酒屋ぼったくり
原作 右薙光介 漫画 ももしか藤子
落ちこぼれ[★1]魔法使いは、今日も無意識にチートを使う
1/27(水)連載開始予定!
原作 初昔 茶ノ介 漫画 五月紅葉
前世で辛い思いをしたので、神様が謝罪に来ました
今冬連載開始予定!
原作 紅月シン 漫画 観月藍
最強Fランク冒険者の気ままな辺境生活？
人気連載陣
● THE NEW GATE
● 素材採取家の異世界旅行記
● 異世界ゆるり紀行 ～子育てしながら冒険者します～
● いずれ最強の錬金術師？
● 追い出された万能職に新しい人生が始まりました
● 勘違いの工房主
● 大自然の魔法師アシュト、廃れた領地でスローライフ
and more...
原作 椎名ほわほわ
漫画 六堂秀哉
とあるおっさんのVRMMO活動記
原作：金斬児狐
漫画：小早川ハルヨシ
Re:MONSTER リ・モンスター
選りすぐりのWeb漫画が無料で読み放題！
今すぐアクセス！ アルファポリス 漫画 検索
アルファポリスアプリ
スマホでも漫画が読める！
App Store/Google play でダウンロード！

この作品に対する皆様のご意見・ご感想をお待ちしております。

おハガキ・お手紙は以下の宛先にお送りください。

【宛先】

〒150-6008東京都渋谷区恵比寿4-20-3恵比寿ガーデンプレイスタワー8F
（株)アルファポリス　書籍感想係

メールフォームでのご意見・ご感想は右のＱＲコードから、
あるいは以下のワードで検索をかけてください。

アルファポリス　書籍の感想　検索

ご感想はこちらから

本書はWebサイト「アルファポリス」（https://www.alphapolis.co.jp/）に投稿されたものを、改題、改稿、加筆のうえ書籍化したものです。

装《そう》備《び》製《せい》作《さく》系《けい》チートで異《い》世《せ》界《かい》を自《じ》由《ゆう》に生《い》きていきます7

tera　著

2021年2月5日初版発行

編集－宮本剛
編集長－太田鉄平
発行者－梶本雄介
発行所－株式会社アルファポリス
〒150-6008東京都渋谷区恵比寿4-20-3恵比寿ガーデンプレイスタワー8F
TEL 03-6277-1601（営業）03-6277-1602（編集）
URL https://www.alphapolis.co.jp/
発売元－株式会社星雲社（共同出版社・流通責任出版社）
〒112-0005東京都文京区水道1-3-30
TEL 03-3868-3275
イラスト－三登いつき
URL https://www.pixiv.net/member.php?id=4528116
デザイン－AFTERGLOW
印刷－図書印刷株式会社

価格はカバーに表示されてあります。

落丁乱丁の場合はアルファポリスまでご連絡ください。

送料は小社負担でお取り替えします。


ISBN978-4-434-28403-8 C0093